우리는
시계를 밟고서

사계 위를
달려간다

우리는 시계를 밟고서
사계 위를 달려간다

초판 1쇄 발행 2023년 09월 08일

지은이 김하나
펴낸이 류태연

펴낸곳 렛츠북
주소 서울시 마포구 양화로11길 42, 3층(서교동)
등록 2015년 05월 15일 제2018-000065호
전화 070-4786-4823 **팩스** 070-7610-2823
홈페이지 http://www.letsbook21.co.kr **이메일** letsbook2@naver.com
블로그 https://blog.naver.com/letsbook2 **인스타그램** @letsbook2

ISBN 979-11-6054-654-5 03810

우리는
시계를 밟고서

글×사진 김하나

사계 위를
달려간다

계절의 변화에 감흥이 없던 나에게
언제부터인지 계절이 말을 걸어오기 시작했다.
무더위가 잠들고 기분 좋은 바람이 깨어났다고
이 바람을 온전히 느껴달라고
이 바람을 당신에게 주기 위해 일 년의 시간을 달려왔다고.

나에게 감히 이 노력을 무시할 자격이 있을까.
아무래도 그런 자격은 존재하지 않는 것 같다.

그래서 온몸으로 느끼기 시작했다.

파란 물감을 덧입혀가는 10월의 하늘을,
싫증 나버린 초록빛 잎에 다채로움을 덧칠해가는 11월의 나무를,
태양 빛에 금빛으로 물들어가는 황홀한 들판을,
짧게만 느껴졌던 가을이 외면하지 말아 달라고 소리쳐온다.

나는 이제 모든 계절의 숨을 들을 준비가 되었다.

목차

봄

봄, 꽃 피우는 순간

벚꽃, 찰나의 순간 져버리는 허망한 꽃
나의 인식 속 벚꽃은 놀랍게도 그런 꽃이었다.
어떻게 이 아름다운 꽃을 그렇게 무시할 수 있느냐 묻는다면,
그건 아마 지금껏 그 무엇에도
나의 모든 열정을 쏟아낸 적이 없어서일 거다.

찰나의 순간을 위해 쏟아붓는 1년의 열정
해보지 못한 노력에 대한 나의 열등감은 아니었을까.
좋아하는 것에 열정을 쏟아내고 있는 지금,
나는 비로소 벚꽃이 그립게도 보고 싶다.

꽃피우는 순간을 꿈꾸며
오늘의 시간에 열정을 가득 실어 띄워 보낸다.
마침내 바람을 타고 춤추며 흩날리고
끝내 아쉬운 마음을 담아 꽃잎을 떨어뜨리는 순간이 다가오길.

여행

그 흔한 가족여행조차 단 한 번도 가본 적 없는 내 유년 시절.
그래서 더 사랑하게 된 걸지도 모르겠다.
여행이 내게 가져다주는 의미가, 설렘이
날 떠나게 만드는 이유로 충분했다.

출발

떠나는 버스 안에서의 설렘.

가는 내내 창밖만을 바라보며 한순간도 놓치지 않고
두 눈에 가득 담아 가고 말겠다는 내 의지는
뜨거운 햇볕을 마구 내리쬐는 저 태양도 막을 수 없다.
피곤으로 졸음이 몰려오지만 눈을 감았다가 놓쳐버릴
아쉬운 풍경이 남는 것은 용납할 수 없다.

여행이란 도착지에서 시작되는 것이 아닌 그곳을 향한
설레는 과정에서 출발하는 것이다.

변수

조용한 마을
찾아본 노선과 다르게 움직이는 버스
그렇게 내가 가야 할 길을 지나쳐 목적지에서 삼십 분 멀어진다.
급히 내려 삼십 분을 더 걸어야 한단 사실에 당황스럽기도 잠시,
같이 내린 할머니께서 말을 걸어오신다.

어디 가는 길이야?

그렇게 시작된 삼십 분간의 재미난 대화
대화 속에서 버스 노선이 불과 얼마 전에 바뀌었다는 사실과
돌아가는 길에 타야 할 버스를 알게 되었고
할머니의 손주가 나와 동갑이라는 사실,
얼마 전 농사를 돕기 위해 가족들이 모두 내려왔었다는 이야기,
요즘 농사가 참 힘들다는 이야기를 듣다 보니
어느덧 목적지가 다가와 있었다.

홀로 걸었다면 아마
삼십 분 동안 제대로 알아보지 않은 자신을 탓했겠지.
내 자책을 막아주신 고마운 할머니는
조심히 잘 가라며 웃으며 등을 토닥이신다.

뜻밖의 변수가 행복으로 변하는 순간들을 사랑한다.

사진

사진을 찍는다는 것,
처음엔 그저 신기했다.

내 눈앞에 놓여있는 이 풍경을 담아서 저장하고
보고 싶을 때마다 꺼내어 볼 수 있다는 것이

어릴 때부터 굳이 아름다운 곳에 가지 않아도,
특별한 순간이 아니어도
그냥 앉아서 한 장,
걷다가 두 장,
심심할 때 세 장.
지나가 버릴 순간순간들을 찍어서 남기는 것을 좋아했다.

매일 보는 풍경도, 매일 지나치는 공간도
매일매일의 날씨와 분위기가 다르다.
여러 장의 같은 공간들을 자주 꺼내 보진 않지만
그럼에도 그냥 그 순간을 기록한다는 행위가
난 여전하게도 참 좋다.

Where are we

우리는 어디쯤에 있는 걸까.

주인공의 진심 어린 대사 한 문장에 내 마음이 요동쳐온다.
마치 나에게 질문을 건넨 것처럼
망치로 한 대 얻어맞은 느낌
엔딩 크레딧이 모두 올라간 후에도 나는 답을 내리지 못했다.
나는 지금 어디에 있나 무얼 향해 가고 있나.

남자 주인공은 말한다.
그냥 흘러가는 대로 살아보자고.

여전히 확신은 안 서지만 우리가 어디에 있는지 알 수 없기에
꿈꾸는 과정이 더 설레고 빛나는 장면이 되는 거라고
나에게, 또한 다른 이에게 말해주고 싶다.
이게 내가 내린 대답이며 우리에 대한 믿음이다.

꿈에 대해서만큼은 미련해도 바보 같아도 괜찮지 않을까,
꿈꾸는 바보들을 위해.

변화

눈을 뜬 아침, 이상하게 너무도 우울해
정말 아무것도 하고 싶지 않은 그런 날.
열심히 살겠다는 마음은 제로가 되고 침대에 빨려 들어간다.
이렇게 하루가 끝나면 아마 게을러진 몸뚱이와 자책만 남겠지.

우선 커튼을 열어본다. 만약 흐리거나 비가 온다면
이 기분을 그냥 받아들이고 싶은 마음뿐이다.
하지만 그런 나를 야단치기라도 하듯
오늘따라 더 뜨겁게 빛나는 것 같은 태양과
맑은 하늘 속 태연한 뭉게구름이 나에게 이렇게 말하는 것 같다.

그러고만 있을 거냐고,
그러기엔 우리의 기분은 오늘 너무 좋아서
푸른색밖에 낼 수 없다고,
너의 우울을 도와줄 마음 따윈 없다고.

나 홀로 텅 빈 집 안,
때문에 아무도 알아차리지 못하는 나의 우울,
그렇기에 아무 위로도 들을 수 없는 이곳.
나는 위로인지 야단인지 모를 이야기를
뜻밖에 창밖에서 듣게 된다.

사실 어떨 땐 화도 난다.
나는 이렇게 우울하기만 한데

너는 뭐가 좋아서 내내 밝으냐고 속으로 수없이 소리친다.
짜증이 나서 커튼을 닫았다가도
이내 나에게 그만 나오라고 말을 걸어주는 것만 같은
날씨가 고마워 밖으로 나가본다.
햇빛을 받으며 걷다 보면 문득
방금까지 걱정하던 것들이 참 별거 아니게 느껴지곤 한다.
그러다 집에 들어가면 다시 시작되는 걱정의 반복,
그렇게 매일 걷는 시간만 늘어간다.

다만 달라진 건
하루에 한 시간, 두 시간이라도 좀 숨통이 트인다는 것,
별거 아니게 다가올지 몰라도
나는 열심히 변화를 노력하고 있다는 것,
커다란 변화를 만들어내고 있다는 것.

선물

책 한 권을 가방에 담아 집을 나선다.
걷다가 나무 그늘 아래 벤치에 앉아 책 표지를 넘겨본다.
내 옆자리엔 어느새 날려온 꽃잎이 자리 잡고 앉아있고
봄바람이 대신 책장을 넘겨준다.
무릎 위로 떨어진 나뭇잎은 책갈피가 되고
새소리는 귓가의 멜로디가 된다.

따뜻한 봄이 내게 가져와 준 선물을 풀어본 날.

계획적인 사람

계획이 틀어지는 걸 참 싫어했었다.
계획 없이 나와 길가에서 시간을 허비하는 것은
낭비라고 여겨왔다.
이런 내 사고방식을 깨려는지
그 무엇 하나도 내 뜻대로 흘러가지 않는 하루.

열심히 찾아간 맛집 앞,
'개인 사정으로 휴무'가 쓰인 문을 바라보며 실망한다.
들뜬 마음을 안고 찾아간 장소는 날씨로 인해 입장 불가이며
보고 싶던 풍경은
예상보다 빠른 지난주에 벌써 절정이 끝나버렸다.
오늘은 뭘 해도 안 되는 날, 그렇게 부를 수도 있겠다.

하지만 그렇게 부르지 않기로 한다.
인기가 없는지 한적한 근처 식당에서
새로운 맛있는 메뉴를 알게 되었고,
갈 수 없는 장소를 뒤로하고
새로이 만난 풍경은 황홀했다.

뭘 해도 안 되는 날보단
무계획 여행이 좋아진 날이라고
오늘의 하루를 정리해본다.

홀로 여행

홀로 여행을 하다 만나는 많은 사람들
버스 옆자리의 아주머니, 같은 목적지로 향하는 길 위의 인연
택시 기사님, 길을 물어오는 사람들
모두가 나에게 묻곤 한다.

"어디 가는 길이에요? 이 동네 사세요?"
그럼 나는 늘 답한다.
"아니요, 여행 중이에요~"
이때 돌아오는 대답은 대부분 같다.
"혼자요? 왜요? 그래도 누군가와 같이 와야 재밌지!
연인이나 가족, 친구랑! 혼자는 외롭잖아."

그럼 나는 늘 웃으며 이렇게 답한다.
혼자 하는 여행도 충분히 재미있다고, 외롭지 않다고.

어릴 때 나도 이들과 같은 생각을 가지고 있었다.
하지만 막상 부딪혀보니
낯선 곳에 나 홀로 서 있다는 사실이 되려 나를 설레게 만들어
외로움이 파고들 자리 따윈 남아있지 않았다.
혼자선 그 무엇 하나 해본 적 없던 내가
혼자만의 여행에 흠뻑 빠지기까지 걸린 시간은 너무도 짧았다.

첫 홀로 여행을 떠난 순간,
바로 그 순간이 내가 변화한 순간이었다.

꽃밭

꽃을 좋아하시나요?

저의 앨범은 꽃밭이랍니다.
계절마다 새로운 꽃을 담는 게 취미이기도 해요.
좋아하는 이유는 저도 잘 모르겠어요,
그냥 예뻐요.
꽃밭 안 나비의 날갯짓을 바라보고 있으면
마치 동화 속에 들어와 있는 기분이에요

사계절을 살고 있는 우리잖아요,
지금의 계절을 알려주는 사랑스러운 꽃을 만나러 나서봐요.

남들의 시선

남들의 시선을 신경 쓰는 것.
옷 입는 스타일, 머리 모양,
나의 의견을 이야기하는 것, 인스타그램에 사진을 올리는 것.
그 무엇 하나 의식하지 않고 해본 것이 없다.
심지어 일어나지 않은 일에 가설까지 세워가며
남들의 반응을 상상하고서
아직 시도도 하지 않은 일을 고쳐버린다.
기분이 안 좋을 땐 마치 잘못된 일이라도 하고 있듯이
다운된 기분을 티 내지 않으려 애쓴다.

언제부터인지 나 자신을 잃어가는 게 너무도 당연해졌다.
남들은 내가 상상하는 만큼 나를 신경 쓰지 않을 텐데
그저 내가 나의 의식과 지독하게 싸우고 있을 뿐이다.
지나친 의식이 불러오는 결과는 아마 텅 빈 껍데기일 뿐이겠지.
그러니 미래의 내가 텅 비어가는 지금의 나를 꾸짖지 못하도록
무의식적으로 솔직해져 보기로 한다.

윤슬

: 햇빛이나 달빛에 비치어 반짝이는 잔물결

정말이지 눈이 부시게 반짝인다.
매 순간 새롭게 일렁이는 물결을 따라 달라지는 반짝임
덕분에 한시도 눈을 뗄 수가 없다.

누군가 나에게 힐링을 정의 내리라고 한다면
윤슬을 바라보는 것이라고 답하고 싶다.

꿈

저 멀리 반짝이는 무지개를 좇아 달려보지만
애석하게도 이 영롱한 색채는 내게만 보이는 것이 아니기에
다른 이들과 함께 달릴 수밖에 없는 상황 속
간절함과 노력으로 똘똘 뭉친 누군가에게 결국 빼앗기진 않을까
전전긍긍하는 우리들
그런 열정을 모두 자신의 등에 태우기 위해
무지개는 크고 아름답다.
각자 다른 빛을 내고 있는 우리들을 모두 담아주기 위해
일곱 빛깔로 다채롭게 빛을 내고 있다.
그러니 나의 색을 버리지 말고 계속해서 좇아가 보자.

사소함

온종일 침대에 앉아 영화를 보고 책을 읽고
새로 알게 된 좋은 노래를 곱씹어 들으며
바깥세상 따윈 잊어버린 채 그렇게 하루를 보내고 싶다.
잠에 들기 전 오늘 본 영화 속 OST들을 차례로 들으며
진한 여운 속에서 잠에 들고 싶다.

누군간 너무 사소하다고 비웃을지 몰라도 내겐
크나큰 행복의 한 조각인 시간을 오늘 나에게 선물해주고 싶다.

계절의 소리

봄바람에 흩날리는 나뭇잎 소리
장마철 빗소리
가을 길 위 낙엽 밟는 소리
겨울 거리의 눈을 밟는 소리가 좋아
가끔은 노랫소리 없이 걷곤 한다.

못 듣고 지나치기엔 너무 매력적인 계절의 소리.
가끔은 계절이 건네는 소리를 막지 말고 그대로 전달받아보자.

이상향

봄처럼 따스한 사람이 되고 싶다.
봄처럼 누구에게나 다정하고 편안한 사람이 되어주고 싶다.

모든 걸 이해하고 존중하는 사람
배려가 몸에 배어있는 사람
웃음이 넘치는 사람
이야기를 잘 들어주는 사람
가끔은 힘과 위로를 주는 사람
힘이 들 때 옆에 있어 주는 사람
긍정적일 줄 아는 사람
생각이 깊은 사람
내 사람을 잘 챙길 줄 아는 사람

그런 사람이 되고 싶다.
오늘의 나를 되돌아보고 반성하며.

피크닉

화창한 오후,
돗자리를 챙겨 나와 잔디 위에 누워
흘러가는 구름을 하릴없이 보다가
출출함이 찾아올 때면 도시락을 꺼내 든다.
별거 아닌 말에도 웃음이 멈추지 않는
이 분위기의 마법에 걸려들고 말았다.
약속이라도 한 듯 "너무 좋다, 지금"이 함께 새어 나올 때
우린 눈을 맞추고 웃는다.
봄을 가장 제대로 즐길 수 있는 방법으론
역시 피크닉이 최고겠다.

상상 속 후회

중요한 순간을 찍을 때마다 떠오르는 영화 속 대사가 있다.

아름다운 순간이 오면, 카메라로 방해하고 싶지 않아.
그저 그 순간 속에 머물고 싶지.

처음 영화를 볼 땐 공감이 되면서도 조금은 이해가 안 갔다.
그래도 나라면 너무도 기다린 그 순간 셔터를 누를 텐데 하고.

그런데 여행을 다니며 아름다운 순간 속에서
나는 날 방해하는 카메라가 처음으로 미웠다.
그런데도 카메라를 놓을 수 없었던 단 한 가지의 이유는
바로 후회가 무서워서였다.
카메라 없이 여행을 떠나도
휴대폰 카메라를 손에서 놓지 못하는 나는
어느새 영화 속 그 인물을 참 많이 존경하고 있다.

다가오지도 않은 상상 속 후회를 뛰어넘는 건
생각보다 아주 많이 어렵다.
나에게 그 상황이 온다면 나는 과연 셔터를 안 누를 수 있을까
아직은 잘 모르겠다.
다만 그 어느 쪽도 후회하진 말자고 다짐한다.

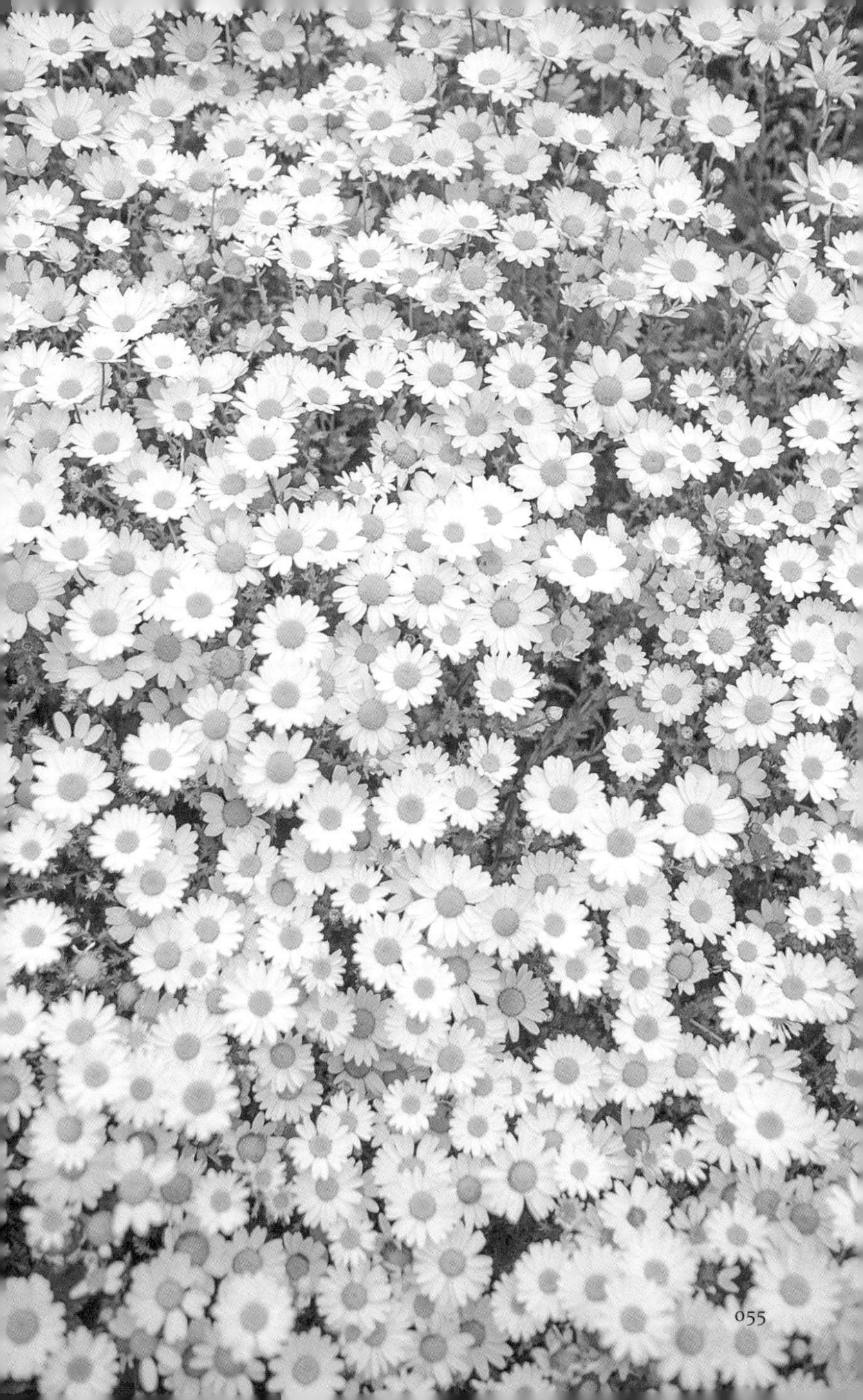

도돌이표

빛　희망 믿음 응원
어둠 불안 의심 자책

이중인격과도 같이 매 순간 뒤바뀌는 나날들
응어리진 마음은 그렇게 해소되지 않은 채 쌓여만 간다.
눈물조차 나오지 않는 텅 빈 공허함,
해소하는 방법을 잊어버렸다.

울음을 내뱉고 싶은 자들의 이야기
새 하루의 시작을 미워하며
자정으로부터 도망치는 도망자 신세가 되어버리고만
정처 없이 걷는 방랑자들의 한숨
후회와 원망, 의구심으로 가득 찬 반항을 내비치고
이 또한 도돌이표처럼 다시 후회로 되돌아온다.

목적지가 없는 방랑자여도, 원망을 쏟아내는 반항아여도
그게 텅 빌 이유가 되진 않는다.
그러니 공허함에 익숙해지지 말자.
응어리를 풀어내는 각자만의 방법은
남한테 듣기보다 스스로 찾으며 벗어나길.

안부

언제부터인지 깊이 잠들 수 없는 몸이 되어버렸다.
불면증과 수면장애로
내 몸은 늘 피로에 찌들어 만신창이지만
긍정적으로 보자면
남들보다 좀 더 긴 하루, 긴 시간을 살아가고 있는 거겠지.
사실 남들보다 짧은 하루를 살아도 괜찮으니
푹 자는 게 간절할 만큼 괴롭지만
버텨낼 수 있는 단 한 가지 이유가 있다.

오늘은 잘 잤는지
내 안부를 물어오는 지인들의 따뜻한 마음.
단 한 사람일지라도
그 걱정 어린 따스한 마음 하나에 피로가 조금은 풀리는 기분.

내가 받은 이 따스함에 보답하고자
나는 오늘도 별일 없이 안부를 묻는다.
사소하지만 누군가에게 나와 같이 힘이 되도록,
유난히 긴 밤을 보내고 있을 당신에게.

노란 동화

하나, 둘 꽃이 피고 있다.
길고 길었던 겨울의 달이 드디어 저 너머로 흘러갔다.
드디어 무언가 시작된 것 같은 기분,
패딩을 벗고 추위를 벗어나 봄의 시작을 알리며
피어나는 산수유와 유채꽃을 맞이하러 나선다.
곳곳에 꽃망울을 열기 시작한 개나리와 수선화까지
온 세상이 노란빛으로 물들었다.
지금 이 순간만큼은 예쁜 옷을 꺼내 입고 나가
이 노란 세상 속 주인공이 되어봐야 하지 않을까.

동화의 배경은 노란 꽃동산,
그 한가운데 피어난 주인공은 오늘의 나.

길몽

고래를 딱히 좋아하지도 깊이 생각해본 적도 없던 내게
스물한 살의 어느 날 거대한 고래 한 마리가 찾아와주었다.
좋은 해몽을 품에 안고서.

몇 년이 지난 지금도 경이롭고 압도되었던
그 꿈이 문득 생각날 때면 고래가 보고 싶어진다.
과연 실제로 보게 된다면 어떤 기분이 들까, 꿈만 같지 않을까.

꿈에서라도 다시 한번 만나고 싶다. 또다시 날 찾아와주었으면.
하고 떠올리는 마음은 안개처럼 저 멀리 흩어진다.

끝이 보이지 않는 하늘과 바다를 자유로이 헤엄치는
이름 모를 고래 한 마리
파도를 딛고 구름을 타고서 별빛 속을 유영하는 존재.

자유롭지만 쓸쓸해 보이기도,
아주 행복하지만 몹시 슬퍼 보이기도 하는 너를 기다리는 나는
점점 너와 닮아가고 있어.

우리 꿈속에서 다시 만나는 날 서로의 이야기를 들려주자.
난 너의 항해를 귀담아듣고, 넌 나의 여행을 귀담아들어 줄래?
듣지 못한다면 눈을 맞추고 같이 느껴보기로 하자.
언젠가 너에게 들려줄 이야기를 위해
나는 오늘도 인생을 여행해보려 해.

봄비

봄비가 내린다.

내일이면 나보다 위에 있던 꽃잎은 내 발밑에 다가와 있겠지.

비와 함께 새 계절이 다가온다.

봄을 더 즐기고 싶은 나는
봄이 끝날 때를 알려주는 비가 그다지 반갑지 않다.

하지만 애석하게도 막을 순 없다.
그러니 그냥 기분 좋게 받아들여 보기로 한다.

이젠 봄비가 오면 여름옷들을 하나, 둘 꺼내며
이 물을 먹고 새로이 피어날 여름꽃을 맞을 준비를 해보자.

여름

여름, 찬란한 순간

좋아하는 계절에 쉽사리 끼워주지 않는 계절
누군가에겐 불쾌한 손님, 초대받지 못하는 외톨이.

그래서 나의 애정을 좀 더 듬뿍 얹어주고 싶다.

여름이 말한다. 미워하지 말아 달라고,
지금이 나의 가장 찬란한 순간이라고,
이 순간을 함께해달라고.

초여름부터 늦여름까지 함께 걸으며 두 눈에 담은
찬란한 순간들을 잊지 못한다.

계절의 청춘은 여름이 아닐까.
패기 넘치는 뜨거움
어여쁘게 푸른 나무 한 그루
타들어 가며 품어주는 그늘 속 사랑
눈부신 햇살을 머금고 반짝이는 파도
바라보는 애정의 시선

그 어느 순간에 멈춰도 어여삐 빛나고 있는 우리의 여름날들
청춘의 한 조각 기억되는 온도는 뜨거움이 어울리지 않을까.

청춘의 한 장

높은 길을 오르고 올라 정상에 닿은 순간
펼쳐지는 드넓은 전경을 바라보며
높은 이곳으로 불어오는 바람을 온몸으로 맞는다.

힘들었던 모든 게 잊히는 한순간
지금을 기억하고 싶다.
사진으로, 향으로, 노래로.

불어오는 풀잎 향을 맡으며 재생 버튼을 누른다.
집에서 들을 때와는 너무도 다르게 다가오는 가사가
유독 예쁘게 느껴지는 지금 이 순간
셔터를 눌러 한 페이지가 될 아름다운 청춘의 한 장을 담아낸다.

행복

행복은 마치 나에게 끝낼 수 없는 숙제 같다.

성인이 된 후 친구들이 즐거움을 만끽하는 사이 그 틈에서 나는
홀로 행복이란 단어 하나에 몸부림치고 있었다.

나의 지난 나날들
짧다면 짧고 길다면 길 이십 년의 세월
그 속에 행복은 얼마나 존재했을까.
아무리 떠올려 봐도 행복의 순간이 잘 떠오르지 않는다.

나만이 가지지 못한 거 같은 초조함에
그렇게 행복을 애쓰기 시작했다.
그렇게 몇 년을 보낸 뒤 문득 알게 되었다.

행복은 애쓰는 게 아니란 것을
애쓴다는 말은 행복과 어울리지 않는다는 것을
익숙해져 내 곁에 있다는 게 느껴지지 않을 뿐이란 것을.

모두 애쓰지 않아도 행복한 순간들이 가득해지길.

079

Rollei 35

수동 필름 카메라를 좋아한다.
왜 굳이 더 번거로운 수동 필름 카메라를 좋아하느냐 묻는다면
이유는 단 한 가지다.

애정.

사진 한 장을 찍기 위해 분주해지는 나의 손,
렌즈 경통을 빼낸 뒤 노출계 바늘을 바라보며
지금 이 순간만의 빛을 지정해 맞춘다.
초점을 어디에 맞출지 정한 후 거리 계산은 오로지 나의 눈대중
조리개를 돌려 지금 이 장면을 찍을 최적의 조건을 만들고
마지막으로 뷰파인더를 바라보며 셔터를 누른다.
그 후 필름 와인더를 돌리며
내 거리 계산이 잘 맞았길 마음속으로 바란다.

조금 번거로워도 나의 애정이 가득 담긴 필름 한 장 한 장이
내겐 더없이 소중하다.
필름 현상을 기다릴 때의 두근거림은 덤.

여름 바다

발등을 덮는 차가움

강렬한 햇볕에 살이 타도 마냥 신이 난다.

시원한 물결 위에서 너울너울 흘러가며 잠들고 싶다.

파도

잔잔한 일상 속 일렁이는 파도 한 모금

거센 바람이 불어와도 두려워하지 마세요,
그로 인해 더 웅장한 파도로 거듭날 테니까요.
비바람이 폭풍우로 변해도
고요한 아침은 다시 당신을 찾아오니까요.

잠시 휘청일 때면 파도를 딛고 앞으로 나아가봐요.
파도는 나를 삼키지 못해요.

못 견딜 거 같죠,
근데 당신은 언제나 그랬듯 견뎌내고 이겨낼 거예요.
지금까지 수도 없이 파도를 넘어온 당신은
이제 앞으로 나아가는 법을 그 누구보다 잘 알고 있거든요.

까짓것 넘겨버려요, 아주 멋지게.
뒤돌았을 때 당신이 이겼다고 분해 하는 것에
당당하게 미소 한 방 날려줄 수 있게.

비 오는 날

나는 비 오는 날을 극도로 싫어했다.
어릴 때부터 날씨에 따른 기분 변화가 남들보다 심한 편이었다.
맑고 하늘이 푸른 날, 구름이 예쁜 날, 바람이 선선한 날,
그런 날들을 집 안에서 보낸다는 것은
나에게 어딘가 모르게 괴로운 일이었다.
창밖을 하염없이 바라보며 오늘 하루가 이렇게 끝나버리는 것에
불만을 가득 품고 결국 밖을 나선다.

맑고 푸른 하늘 아래,
햇살을 받으며 걸을 때 가장 행복한 기분을 만끽한다.
이런 나에게
비 오는 날은 없어져 버렸으면 좋겠는 존재가 된 지 오래였다.
온종일 창밖은 쳐다도 안 보며
우울감에 빠져 사는 하루가 너무도 싫었다.
그래서 장마철은 내게 한 해 중 가장 우울한 시기였다.

하지만 이런 나에게 비 오는 날은 이제 반가울 따름이다.
끊임없이 바라보던 하늘에
내 기분을 맡기지 않고 비닐로 가려버린 뒤
그 안에서 오늘 나의 기분을 내가 정해보곤 한다.
우산 속 나의 세상은 이제 구름이 건드리지 못한다.
빗방울과 함께 걷는 것이 외롭지 않으며, 빗소리에 잠이 든다.
비 오는 날 듣고 싶은 노래가, 떠오르는 책이,
다시 한번 보고 싶은 영화가 생겨나며

이제 비는 나에게 반가운 손님이 되었다.
싫어하는 계절인 겨울에 더 많은 추억을 쌓아보고,
달갑지 않던 비 오는 날을 즐겨보고,
우울한 날 가장 재밌는 것을 보며 변화를 주는 것,
내가 할 수 있는 노력 중 어쩌면 가장 쉬운 것이 아닐까.

미소

혼자 여행을 하다 보면 한국인과 외국인, 연인과 가족,
젊은 사람부터 노인분들까지
다양한 사람들이 내게 웃으며 휴대폰을 건넨다.
귀찮음은 단 한 번도 느껴본 적 없다.
내가 그들의 소중한 순간을
한 장의 추억으로 담아줄 수 있다는 게 기쁠 뿐.

벤치에 앉아 풍경을 보고 있으면 눈에 들어오는 사람들이 있다.
삼각대가 없어 바위나 벤치에 휴대폰을 열심히 고정시켜
사진을 찍고, 밝은 미소로 화면을 바라보지만
이내 실망이 얼굴에 가득해지는 사람들.

그럼 나는 얼른 다가가 물어본다.

"괜찮으시면 제가 찍어드릴까요?"

너무 감사하다며 활짝 웃는 표정을 보면
나는 이상하게 행복해진다.
전혀 알지 못하는 남들의 미소 하나에도 행복을 느끼는 내가
가끔은 낯설게 다가오기도 한다.
나와 행복은 멀다고만 생각했기에.

그저 내가 행복을 외면했었다는 걸
함께 웃으며 이제는 인정한다.

자존감

자존감이 바닥에 있는 나는 오늘도 내가 밉고 싫은 점 투성이다.
무엇으로도 치료가 안 되는 이 고질병을 과연 이겨낼 수 있을까.

한없이 초라해지는 나를 누군가 변화시켜주기만을 바란다.
노력도 없이 변화만을 꿈꾸는 자신이 어이없어
화를 내보기도, 안쓰러워 울기도 하는 일상의 반복.

자존감이 높은 멋진 친구에게 방법을 배워보고
드라마 속 주인공의 마인드로 살아가는 법을 연마하기도
책의 힘을 빌려보기도 한다.

그렇게 나는 오늘을 견뎌낸다.
이런 내가 조금은 기특하다 느껴지는 걸 보면
나도 모르는 새 변하고 있나 보다.

우리 모두 그렇게 조금씩 변해가보자.

초심

어쩌면 결과보다 더 중요한 것
과정 그 이전에 가장 처음 다짐하는 마음가짐.

우린 이걸 절대 잃어버려서는 안 된다.
초심의 반대는 성공이 아닌 자만이기에.

잃어버리지 않도록,
나도 모르게 가다가 중간에 떨어뜨리지 못하도록
출발 지점에서 이마에 단단히 묶어놓도록 하자.
만약 떨어뜨려도 알아차리고 바로 다시 주울 수 있게.

내가 어떠한 마음으로 시작했는지
어떠한 생각을 가지고 있었는지
나의 초심이 무엇이었는지.
기억나지 않는다면, 더 이상 느껴지지 않는다면
뒤돌아서 출발점까지 되돌아가보자.
뒤돌아 걸으며 이마에 어떤 것을 묶을 것인지
다시 정해보는 게 어떨까.

꽃처럼 빛나길

물결처럼 맑길

무지개처럼 다채롭길

그렇게 보석 같은 청춘을 간직하길

플레이리스트

바람 한 점 불지 않는 더위
살인적인 날씨에 집을 나서기가 두렵다.
두 손에 양산과 물을 야무지게 들고서 현관문을 연다.
언젠가 반드시 차를 사리라 다짐하며 버스에 올라
창문 밖을 바라보니 싱그러운 나무가 스쳐 지나간다.

이 싱그러움에 어울리는 노래를 듣기 위해
재빨리 Summer가 적힌 플레이리스트를 누른다.
청량함이 가득한 플레이리스트 속
질리도록 많이 들은 노래들을
어김없이 차곡차곡 반복한다.

이 폴더의 음악은 추가만 될 뿐 빠지는 법이 없다.
그래서 매년 나의 여름이 빈틈없이 담겨있는 이 폴더는
나를 작년 여름의 바닷가로,
지난달의 숲속으로 데려가 준다.

아마 지금 이 순간도 담기겠지.

초여름의 푸른 색감을

여기저기서 다가오는

싱그러움을 사랑한다.

나무바다

: 바다처럼 끝없이 펼쳐진 울창한 숲

숲속을 거닐 때면 들뜬 마음도 불안한 마음도 모조리 사라지고
차분함이 드리운다.
내가 숲을 좋아하는 건지 아니면 차분해진 나를 좋아하는 건지
잘 가늠이 가지 않는다.
어쩌면 둘 다 일지도 모르겠다.
어쨌거나 나는 숲속이 좋다.

키가 무지하게 큰 나무를 올려다보다
우거진 수풀 사이로 보이는 하늘과 햇살이 좋다.
바람이 불 때면 숲이 살아 숨 쉬는 것처럼 들려오는
나뭇잎 소리가 좋고 공기를 들이마실 때 맡는 풀 내음이 좋다.
아무 생각 없이 걸을 수 있어 좋고 고민이 생각나지 않아 좋다.

남들이 건네는 그 어떤 위로도
전혀 와 닿지 않을 때가 있곤 하는데
아무 말도 들을 수 없는 이 고요한 곳에서
뜻밖의 위로를 건네받기도 한다.

머릿속이 복잡할 때,
인간관계에 지칠 때,
쉼이 필요할 때,
숲이 주는 편안함을 받으러 발걸음을 옮겨볼까요.

항해

언덕길을 오른다.
가장 높은 지점에 선 순간 저 멀리 보이는 푸른 바다.

'드디어 찾았다, 내 보물!'이라고 외치고 싶을 정도로 들뜬 마음
얼른 다가가 이 기분을 맘껏 표출하고 싶다.

모래를 밟으며
내 시선은 파도를 넘어 저 멀리 수평선에 가닿는다.
바다를 볼 때면 떠오르는 글자는 단연 자유다.

바다 한가운데 자유롭게 항해를 떠나는 내 모습을
상상의 파도에 실어 보내본다.

장편 소설책

무언가 빠져들어 보는 걸 좋아한다.

영화와 드라마 그리고 장편 소설책.

누군간 지루하다고 말하는 잔잔한 영화는 낭만으로 다가오고
너무 길어서 못 읽겠다는 소설책은
순식간에 마지막 장에 다다른다.
대사를 외울 정도로 수없이 많이 본 인생 영화는
다시 봐도 질리는 법이 없고
또 새롭게 다가오는 부분이 포착된다.
좋아하는 작가님의 책은 서른 권을 넘게 읽어도
새로운 책을 읽을 때면 또다시 새롭게 재밌기 마련이다.

끊임없이 새로운 것을 접할 수 있는 이 취미가
나는 아무래도 평생 지겨울 틈 없이 재밌으려나 보다.
그렇게 오늘도 맘에 드는 소설책을 골라본다.

저녁 산책

언제 끝날지 끝이 보이지 않는 것만 같은
이 폭염 속 집에만 있는 게 너무 답답하여 밖을 나선다.
역시나 집을 나옴과 동시에 후회가 밀려온다.
그늘을 걸어도 땀이 나는 건 어쩔 수 없다.

내일은 저녁을 노리자, 결심한다.
그렇게 여름 내내 이어진 저녁 산책.

공원에서 들려오는 개구리 소리도
시원한 분수 소리도
산책 나온 귀여운 강아지들도
선선한 밤공기도

무더운 여름을 그래도 좋아할 수 있게 해주는
다양한 이유가 되어주어 고맙다.

113

비 온 뒤 맑음

한바탕 비가 쏟아진 후
맑게 갠 파란 하늘만큼 청량한 게 또 있을까.
모든 게 씻겨 내려가 깨끗해진 세상 속을 걷다
하늘의 거울인 물웅덩이를 찰칵 담는다.

비가 온 뒤 잡힌 약속이 유독 더 설레는 이유.

흘러가는 대로

나는 똑바로 나아가고 있는 걸까,
이게 제대로 된 길이 맞을까, 끝없는 의심이 든다.
가끔은 그저 누군가 알려주는 대로 걷고 싶은 마음이 들다가도
앞으로 어떤 새로운 길을 걸을 수 있을까
이내 특별한 기분에 사로잡히곤 한다.
한없이 자유롭고 싶다가도
어느새 안정감을 찾고자 두리번거린다.

흘러가는 대로 내버려두는 것,
가장 쉬우며 어렵고 가장 여유로우며 불안한.

정답을 원하지만
채점자가 나뿐이라는 사실에 당혹스럽기도 잠시,
어떤 답안을 내릴까 선택의 기로에 놓인다.

사실 틀려도 상관없다. 내 점수는 나만이 알 수 있기에.
만약 누군가 틀렸다고 혼을 낸다면
그 사람은 단지 나와 채점 기준이 다를 뿐이다.
완벽한 정답은 절대 없다.

새끼 고양이

어디선가 울음소리가 들려온다.
야옹야옹-

제발 나를 도와달라는 듯이
구슬프게 울고 있는 새끼 고양이 한 마리
가파른 바위틈에서 나를 빤히 바라보고 있다.
올라가지 못해 도와달라는 걸까 조심, 조심히 다가가 본다.
막상 도움을 요청한 대상이 다가오니 무서웠는지
바위를 올라가려 안간힘을 써댄다.

다가가지도 못하고 애가 타는 눈빛만 보내는 나를 아는지
새끼 고양이는 결국 바위를 멋지게 오르는 데 성공한다.
세 번의 떨어짐에도 굴하지 않고 꿋꿋하게 일어나 바위를 올라
멀어져 가는 고양이의 뒷모습을 보고 있자니
어쩐지 나 자신이 창피하게 느껴져 온다.

나라면 포기했을 상황에 저 작디작은 고양이는 용기를 낸다.
귀여운 생명체가 내게 보여주고 간 배움을 머리에 새기며
나 또한 뒤를 돈다.
언젠가 바위를 멋지게 올라 바라볼 풍경을 기대하며

뜨거움

더위를 워낙 많이 타는 내게 여름은 사실 너무도 힘든 계절이다.
그럼에도 겨울보다 여름을 좋아하는 이유는
모든 것들이 살아 숨 쉬는 것 같은 푸름과 눈부신 밝음이
나를 일깨워주기 때문이다.

겨울이 오면
내 젊음의 날을 더 빛나게 만들어주는
여름의 태양이 그립고 그리워진다.
아쉬움을 남기지 않으려
그렇게 30도가 넘는 뜨거운 계절에 나는 여행을 떠난다.

되돌아보면 덥고 힘든 기억만 남게 된다고
나서기조차 포기하는 사람들을 참 많이 봐왔다.
그 사람들에게 말해주고 싶다.
그 뜨거움을 이겨내고 마주한 순간들을 잊지 못한다고,
그 뜨거움이 더한 아름다움을 선사한다고.

몽중몽

: 꿈속의 꿈

꿈속 내가 잠에 든다. 그렇게 꿈속의 꿈이 시작된다.
깨어나도 나는 여전히 꿈속 세상을 살아간다.
다시 한번 깨어나 현실로 돌아왔을 때 잠깐의 의심이 시작된다.
이건 정말 현실인가 하는 그런 의심.
가끔은 지금 이 순간이, 이 현실이
가장 길고 생생한 마지막 꿈속 세상은 아닐까 하는 생각도,
그랬으면 싶은 마음도 들곤 한다.

만약 그렇다면 언젠가 깨어났을 때
과연 좋은 꿈으로 기억될 수 있을까,
기분 좋은 꿈을 꾸었다고 말할 수 있을까,
그런 삶을 살고 싶다.

생기

좋아하는 것도 일이 되면 싫어지기 마련이라고
많은 사람들은 말한다.
하지만 나는 축복받은 삶이라 느낀다.

좋아하는 일과 잘하는 일은 엄연히 다르다.
그렇기에 수많은 걱정과 고심 끝에 좋아하는 일을
포기하는 결론에 도달하는 사람들,
그들은 후회의 늪에 빠지게 된다.

반면 좋아하는 일을 택한 사람들,
그들 또한 현실의 벽에 부딪혀 절망을 맞볼 수 있다.

다만 이 사람들의 너무나 다른 점은 바로 생기이다.
인간이 생기를 잃는 것만큼 공허한 것이 또 있을까
나는 생각한다.

좋아하는 일에 싫증을 내보는 것,
그건 생기 있는 자의 특권이 아닐까.
해야 하는 일이 아닌 하고 싶은 일을 할 수 있다는 행복.

해 질 녘 바닷가

마치 솜사탕 같은 색감,
분명 방금 사진을 찍었는데 눈앞의 광경에 단단히 홀렸는지
또다시 카메라를 올려 든다.
일분일초 조금씩 변해가는 색감을
모두 담아가고 싶을 만큼 낭만적이다.

위에는 파란색 밑에는 주황색
혹은 보라색과 분홍색
노란색과 빨간색
오늘은 어떤 색의 그러데이션을 보여줄까,
하루 중 가장 날 기대하게 만드는 시간이다.

친구와 해 질 녘 바닷가를 걷다 드넓은 바다를 향해 홀로 서서
외침과도 같은 큰 목소리로 노래를 부르는 사람을 보았다.

시선은 오직 수평선에 고정한 채 꼿꼿하게 서서
그렇게 파도에 자신의 노래를 실어 보내고 있었다.
마치 그 사람의 공간과 시간이 멈춰진 것처럼
그 어떤 방해도 닿지 못할 순간이었다.

무슨 감정을 흘려보내는 걸까,
저 노래 속에 무슨 마음이 담겨있을까, 나는 알 수 없다.
알 수는 없지만 자신만의 방식으로 자신만의 이야기를
바다에 전하고 있는 모습이 그저 멋있을 뿐이다.

가을

.

가을, 그리운 순간

그리워하던 순간이 찾아왔다.

너무도 짧아 혹여 느끼지 못할까
수많은 변화를 손에 쥐여주는 부모님
나는 빨간색도, 주황색도, 노란색도 심지어 황금색까지
낼 수 있다고 위풍당당하게 자랑하는 어린아이.

가을은 나에게 애틋하고 소중한 엄마, 아빠이자
그리운 나의 유년 시절이다.

미처 가을의 숨을 알아차리지 못할까 걱정하며
이 소중한 시간들이 행여 달아나버릴까 애가 탄다.
금방 지나가 버리기에 더 소중한,
그리운 추억 속 한 장면은 가을에 새기고 싶다.

가을 아침

이른 아침, 비몽사몽 집을 나와 텅 빈 거리를 걷다 보면
낮과 다른 서늘한 공기에 움츠러들다가도
시간이 조금 지난 뒤 들어오는 상쾌함에
번지는 미소를 싣고 첫차에 오른다.

오늘 이 버스의 첫 손님은 나인가보다.
자리에 앉으니 〈가을 아침〉을 틀어주시는
버스 기사님의 뒷모습에도 미소가 번져있다.
창문 밖으로 이제 막 깨어난 해가 머리를 내밀려는지
거대한 구름 뒤로 진한 분홍빛이 이리저리 새어 나오고 있다.
살면서 본 적 없는 웅장한 구름이
지평선을 따라 끝없이 기다랗게 놓여있다.

〈가을 아침〉의 1절이 끝나갈 무렵 구름 위로 해가 떠오른다.
사진은 찍지 않는다. 해가 구름을 완전히 벗어나
높은 위로 떠오르는 과정을 그냥 두 눈으로 담고 싶다.

가장 특별한 나의 가을 아침은
그렇게 사진 한 장 남지 않았지만
여전히 가장 소중하고 또 소중하다.

노래를 들을 때면 나는 다시 버스 안으로 돌아간다.
버스의 덜컹거림마저
나의 기분처럼 들뜨게 느껴졌던 가을 아침.

Film roll

지금 이 장면은 반드시 찍어야 한다며 필름 카메라를 든다.
찍고 만족스러운 표정으로 몇 발자국을 옮기고
이내 조금의 후회가 밀려온다.

비슷하지만 미묘하게 다른 광경,
같은 피사체여도 좀 더 멋진 장면이
늘 몇 발자국 뒤에서 날 기다린다.
성격이 급한 나는
그렇게 또 한 롤에 비슷한 장면들을 수두룩이 남긴다.
제일 셔터를 눌러야 하는 순간
이미 나의 카메라는 필름을 다한 채
고이 가방 속에서 잠을 잔다.

다음엔 꼭 한 장 한 장 신중을 기하겠다 다짐하지만
과연 그럴 수 있을진 잘 모르겠다.
매 순간이 너무도 아름다운데
고작 36컷의 필름에 간직하기란
나에겐 아직도 너무 어렵다.

열심히 간추려야 하는 숙제 같다가도
그래서 더 소중해지는 나의 필름.

계절의 색깔

분홍색의 봄
초록색의 여름
갈색의 가을
흰색의 겨울

나는 이 중 갈색을 가장 좋아한다.
너무나 짧아 제대로 친해질 수 없었던 가을은
나와 어색한 친구 정도의 사이였던 거 같다.

하지만 지금은 그래서 더 애틋하게 다가오는
푸근한 갈색 곰 같은 친구이자
다정해서 보고 싶은 친구이다.

천천히 낙엽을 밟으며
이 가을이 떠나지 않기를
올해도 여전하게 바라고 또 바란다.

지름길

오늘은 그냥 내 발이 가는 대로 놔둬 보기로 한다.
자주 다니는 길을 벗어나 오늘만큼은 가파른 길 속으로
그렇게 정처 없이 걷다 보니 나타난 익숙한 장소.

아 내가 온 길이 지름길이었구나,
틀에 박혀 늘 같은 길을 고집해온 내가
조금은 바보 같다고 느껴지는 순간.

다만 그래도 애정이 가는 건 여전히 원래 다니던 길이다.
그 이유는 바로 걷는 과정의 풍경이 더 아름답기에

남들은 지름길을 빨리 발견해
금세 목적지에, 목표에 도달하지만
나는 미처 발견하지 못해 돌고 돌아서야 겨우 도착한다.
그래서 누군간 이미 늦었다고 비웃기도,
나이를 들먹이기도 한다.
하지만 그렇다고 과연 그 사람이 이긴 걸까

결론은 같은 목적지에 도착한 우리가
지나온 풍경을 이야기할 때
좀 더 멋진 경치를, 더 많은 풍경을 담아온 사람이
부러움의 대상이 되지 않을까

늦어지는 것엔 모두 이유가 있고,

그 이유는 과정이 되어 나의 빛나는 무용담이 되어주니까
지름길은 말 그대로 지름길일 뿐
어느 길로 가더라도 목적지는 분명 나올 테니

그러니 늦었다고 자책하고 출발조차 하지 않기엔
우리의 청춘은 생각보다 길어 빛내지 못한 채
타들어 갈 젊음은 안쓰럽고 쓰라리다.
출발신호에 맞춰 선 너머로 뛰어가는 이들의
뒷모습만 바라보고 있을 순 없다.
마지막 주자이더라도 달려나가자 선을 뛰어넘어서

좋아하는 순간

하루 중 가장 좋아하는 순간이 언제일까,

나는 단연 잠들기 전 누워서 노래를 듣는 순간이다.

그 어떤 불청객도 오지 않는 오로지 나만의 시간
어둑하니 조명 하나만 켜둔 채로
혹은 그마저도 꺼버린 고요한 어둠 속에서 눈을 감고
귀에 들어오는 가사 한 글자 한 글자를 파헤친다.

불면증이 심하던 시기 새벽이면 어김없이 찾아오던 이 시간이
멜로디조차 괴롭게 느껴졌던 순간이
가장 좋아진 이유는 무얼까.

어쩌면 이유 따윈 의미가 없는 것일 수도 있다.
좋아하는 알앤비 음악을 들으며 안정감을 느낄 수 있는 순간
그냥 그 자체로 기분 좋은 순간이다.
잠이 오는 게 아쉬워질 만큼.

당신이 좋아하는 순간은 언제인가요?

갈대

갈대를 보고 있으면 무슨 생각이 드나요?

사실 아무 생각도 들지 않아요
그냥 바람에 흔들리는 모습을 바라볼 뿐이죠.
쉴 새 없이 불어오는 바람에 쉴 틈 없이 흔들리면서도 버텨내고
자신의 자리를 지키는 갈대를.

지독히도 의식하는 남들의 시선도
사실은 내가 갈대를 바라보는 시선과 별반 다를 바 없다는 것을.
이번 가을에서야 알아차리고만 사실.

뚜벅이

나는 뚜벅이 여행자다.
걷고 또 걸으며 그 날의 날씨와 풍경,
목적지까지 가는 길을 온몸으로 느낀다.

온종일 걷기 때문에 내게 여행은 결코 쉬운 것이 아니며
힘듦이 잇따른다. 차를 타면 시간도 아낄 수 있을뿐더러
몸도 편안하겠지만 그럼에도 나는 이 뚜벅이 생활이 좋다.

노래를 들으며 생각에 잠기는 것이,
천천히 걸으며 계절의 바람을 맞는 것이,
풍경을 바라보며 생각을 모두 비워내는 것이
이젠 내 여행의 일부가 되어버렸다.
목적지까지 걷는 과정에서 예상 못 한 광경을 마주했을 때
이루 말할 수 없이 행복하고,
열심히 걷는 이 과정이 목적지에 대한 기억을
더 아름다운 추억으로 바꿔놓아 주곤 한다.
걷다 보면 그 도시만의 분위기와 느낌을 알게 되는데,
나중에 이 도시를 떠올렸을 때
제일 먼저 생각나는 느낌이 되기도 한다.

그렇기에 나는 앞으로도 계속 걸을 것이다.
다리가 아파도, 덥고 추워도, 피곤해도
이 모든 게 상관없을 정도로 여전하게 좋아한다.

책방 골목

작고 오래된 책방 특유의 분위기가 참 좋다.
정갈하게 정돈된 서점에서 새 책을 사는 것도 좋아하지만
가끔은 헌책방에서 헌책 냄새를 잔뜩 맡으며
손때 묻은 주인 잃은 책들을 구경하는 게 참 즐겁다.

내가 원하는 장르를 찾고자 두리번거리다 보면
어느새 내 옆으로 슬그머니 다가오신 주인아주머니께서
웃으며 조심스레 찾는 책을 물어오신다.
오늘 처음 본 나의 취향을 어쩜 이렇게도 제대로 아시는지
내가 좋아하는 소재의 이야기가 담긴 소설책들을
척척 추천해주신다.

가게 문밖으론 다양한 장르의 책이 무질서하게 쌓여있곤 하는데
가끔은 목적 없이 방문하여 이 책더미들 사이에서
흥미로운 내용의 책을 발견하는 게 재밌기도 하다.

마치 시골에 온 것처럼 편안하고 정겨운 옛 책방.

줄다리기

우울과 불안, 그리고 마지막으로 공허함이 찾아온다.
불안이 온몸을 지배할 때면 나는 한없이 나약한 사람이 된다.

그 무엇도 이뤄낼 수 없는 사람
실패가 너무나도 당연한 사람

공허함을 이겨내려 마지못해 시작한 상상의 미래 속 나는
많은 것을 이뤄낸 성공한 사람

현실과 상상이 위태롭게 줄다리기를 하고 있다.
나는 매번 상상을 응원하지만
이상하게 자꾸만 현실의 힘이 세진다.

위태로운 줄 사이
더 이상 현실이 잡아당기지 못하게 하는 방법은
노력과 나에 대한 믿음뿐이다.

다채로움

누군가 그려놓은 작품 속에 내가 들어와 있는 건 아닐까.

형형색색의 물감으로 칠해진 그림
혹은 작품이 만들어낸 또 다른 작품인 팔레트

이곳은 누군가의 손길이 거쳐 간 예술품 속이 아닐까.

이름 모를 작품의 제목은 내가 지어주기로 한다.
다채로움으로.

변신

시야가 온통 노랗다.
초록 잎이 노란색으로 변신하고 있다.

내가 느끼기에 가장 귀여운 변덕은 은행나무의 변신 놀이다.
변신하여 자신감을 얻은 나무가 햇빛을 받으면
그 매력은 배가된다.
햇살을 흡수한 뒤 황금빛으로 빛나는 나무 아래
사람들이 모여든 것을 보면 이번 변신도 대성공인가 보다.

적당한 바람이 눈치 좋게 불어온다.
일 년 중 노란 비를 맞으며 걸을 수 있는 유일한 시간,
아무 이유 없이 좀 더 걸어본다.

시간 여행자

시간을 돌리고 싶다는 생각
누구나 가지는 생각들

자려고 누우면 떠오르는 아쉽고 후회스러운 수많은 순간들
나에게 돌아가고 싶은 순간은 늘 후회가 남는 순간이다.
너무 좋아서 돌아가고 싶은 순간은 아직 내게 없다.
그런 순간을 만들자는 게 내 인생 목표가 되었지만
돌이켜보면 웃긴 목표다.
어차피 시간은 되돌릴 수 없고
때문에 억지로 행복하려고 아득바득 노력할 필요도 없다.

그냥 주어진 매 순간을 다시 돌아오지 못하는 소중한 시간으로
후회 없이 쓰는 게 가장 현명한 시간 소비 방법이겠다.

오늘이 나의 마지막 하루는 아니겠지만
누군가에겐 마지막일 순간
별일 없이 지나가는 내 하루도
누군가에겐 이루 말할 수 없이 특별한 하루가 되듯이
나 또한 특별해질 수 있다.
특별함은 누군가 건네주는 것이 아닌
내가 만드는 것이다.

취미

어릴 적 취미를 묻는 질문은
늘 어려워 쉽사리 답할 수 없었다.
하지만 지금은 선택지가 많아
무엇을 고를지조차 고민이 되곤 한다.

영화를 보는 것
책을 읽는 것
그림을 그리는 것
피아노를 치는 것
무언가를 만드는 것
노래를 들으며 혼자 산책하는 것
이 취미들 속에서 내 삶은 좀 더 재밌어진다.

사람들을 만나면 나는 늘 취미를 묻곤 한다.
여전히 잘 모르겠단 대답이 많이 돌아오지만 괜찮다.
당신은 새로운 것을 해보고 만들어가는 과정의 재미를
느낄 자격이 충분히 준비되어있다.

자각몽

이곳은 어디일까
처음 보는 장소 낯선 사람들
어딘가 알 수 없는 이 세상을
유랑하며 떠도는 이방인 하나, 바로 나.
어울리지 못해 부자연스러운 서툴기만 한 날갯짓
해보지 못한 것을 해보고 싶고
특이한 경험을 찾아 꿈속을 헤맨다.
새로운 세상을 모험하려는 탐험가는
이내 비틀대는 나그네가 되어버리고
결국 몽중몽설로 이야기의 막을 내리고 만다.

낯선 환경은 새롭기도, 외롭기도,
재밌기도, 불안하기도 하며
예측이 불가한 현실은 신기하기도, 신비롭기도,
무섭기도, 가끔은 무겁기도 하다.

자각만으론 모든 걸 이룰 수는 없다.
목적에 도달하기 위해서 우린 모험을 감수해야 한다.

해바라기

어쩜 이름도 해바라기일까
가장 사랑스러운 이름이다.

한발 늦어 시들어버리고만 해바라기를 바라보며
아쉬움에 자리를 떠나지 못하고 서성이는 내게
누군가 미소를 보낸다.
예상치도 못한 해바라기의 미소에 그만 웃음이 터져버린다.

괜찮아, 우리 내년에 더 밝고 어여쁜 모습으로 만나자.
나를 등지고 바라봐주지 않는 시든 꽃들 속
단 하나의 해바라기만이 나에게 따스히 말해준다.
어쩌면 해바라기에 미소를 불어넣은 누군가가 전하는 말일지도.

향기

향기 가득한 삶이고 싶다.
오랜만에 잊고 지내던 향을 맡았을 때,
그 향을 타고서 우린 그 향이 밴 순간으로 다시 되돌아간다.
어릴 적 마을의 진한 향수를 불러일으키는 향기가
나를 회상의 버스로 이끌어 어린 시절로 되돌아가듯이

계절마다 새롭게 피어나는 꽃 향과
진한 숲속의 나무 향
불어오는 바닷바람의 시원하고 짭짤한 향과
책을 넘길 때의 은은한 종이 향
커피의 원두 향과 우러난 차의 깊은 향
옛것에 밴 오랜 세월을 담은 향

맡았을 때 그 순간이 기억될
생을 마감하는 순간까지도 좋아하는 향 그리고 순간들로 추억될
그런 향기로운 향기 가득한 삶이길.

내려놓는 자세

유명한 맛집과 유명한 장소들을 필수 코스로 넣어놓은 뒤
그렇게 빡빡한 스케줄로 여행의 하루를 마무리하며
나는 문득 이런 생각이 들었다.
내가 지금 수학여행을 온 건가? 하는 생각.

남들이 가는 곳은 꼭 다 가봐야 하고
멋진 경치 앞에선 눈으로 담기보다
사진을 어떻게 하면 더 멋지게 찍을 수 있을까
카메라만 들여다본 기억들로 자리 잡고 있는 나의 머릿속.
즐겼다는 기분이 전혀 들지 않는다.

사람이 많고 유명한 장소보단
어딘지 모르는 곳을 걷다가 만난 아기자기한 골목이,
줄을 서서 먹는 유명 맛집보단
지나가다 자연스레 들어간
외지인이 아닌 주민들이 찾는 숨겨진 맛집이 더 좋다.

아주 계획적인 나지만 내가 즐길 수 있는 여행을 하기 위해
조금은 계획을 내려놓아 보기로 한다.
카메라 렌즈가 아닌 내 눈동자에 담기 위해
다시 한번 같은 곳에 가는 것도 좋은 방법이겠다.

시선

사진을 보면 그 사람의 시선이 보인다.
카메라 렌즈는 사람의 눈이 되어주기에
그 사람이 머물렀던 곳을, 그 자리의 선명했던 기억을 투영하여
한 사람이 간직한 시선을 보여준다.
그래서 사진을 보는 것은 생각보다 단순하지 않고
그 사람의 생각과 느낌, 시선의 끝자락을 읽는 일이기도 하다.
누군가에겐 그저 걷다가 찰칵 담은 장면이기도,
누군가에겐 수많은 시선을 거쳐 잡은 구도와 빛,
공간이 되기도 하는 한 장의 사진
이 한 장으로 결코 그 사람의 모든 걸 이해할 수는 없으나
지금 보는 사진이 그 사람의 눈이라고 생각한다면
조금은 느낌이 달라진다.
같은 장소를 가더라도 보는 것, 느끼는 것은 천차만별인 우리다.
어디에 초점을 맞추었나 들여다보는 것은 생각보다 재미있고
무얼 의도했는지 파악하는 것은
조금 심오하게 다가오기도 한다.
이젠 그 누구나 좋은 사진을 찍을 수 있는 세상이 되었다.
그럼에도 아직 나에겐 한 장 한 장을 담아내는 것이
뜻깊고 특별하게 다가오며 수많은 시선 속 갈피를 잃기도 한다.
이런 내 시선을 누군가는 좋아해줄까.
나는 이런 세상을 보며 살아가고 있는데
과연 내가 보는 세상에 같이 들어와 줄까.
여전하게도 많은 생각이 든다.

나는 욕심쟁이라 쨍한 색감도, 분위기 넘치는 필름의 색감도,
카메라만의 느낌도 그 무엇 하나 포기하지 못한다.
그렇기에 한 사진을 찍어도 미러리스와 필름 카메라,
마지막으로 휴대폰 카메라까지 총동원하여 찍곤 한다.
다 다른 느낌으로 다가와 주기에 그 무엇 하나 포기하지 못하고
늘 내 가방은 무겁고 매번 어깨 아픔과 씨름하며
걸을 수밖에 없다.
그렇기 때문일까, 나의 사진첩과 지금 이 책의 사진들 또한
전혀 통일되지 않은 색감을 보여준다.
사진쟁이에겐 내 정체성 따위 없는 색감과 사진들이
썩 좋은 거 같진 않으나
나는 그래도 앞으로도 욕심을 부리며 살지 않을까 싶다.
모든 사진이, 방식이 아직은 포기할 수 없을 만큼 마음에 든다.

방황

이상하게도 나를 안정시켜주는 단어 '방황'

이유도 설명도 필요 없는 이 단어가
지금의 나를 가장 잘 표현해준다.
남에게 늘 나를 정당화시키려고 애쓰고 또 애쓰며
허탈감을 맛보지 않고 그저 심플하게 두 글자에 모든 걸 담는다.

이유는 굳이 찾지 않아도 될 거 같다.
누구에게나 방황의 시기는 오니까.

평소엔 진부하게만 느껴졌던 피할 수 없다면 즐기라는 말이
오늘은 묘하게 기분 좋게 들려온다.
그래, 피할 수 없는 이 방황 어디 한번 즐겨보자.

감정적인 사람

나는 감정에 심하게도 휩쓸리는 편이다.
스스로 피곤한 삶이라 말할 정도로.

그래서 이성적인 사람들을 부러워하곤 했으나
나 자신을 바꾸려 하진 않기로 마음먹었다.
단점으로만 여겼던 모습을 누군가는 장점이라 말해준다.
단지 내가 나를 미워하는 이유를 만들어내고 있었을 뿐.

하지만 이젠 이런 내 모습도 밉지 않다.
좀 더 아름다운 눈으로 세상을 바라보는 거라 여긴다.

어김없이

파란 하늘을 배경 삼아 단풍이 붉디붉은 색감을 뽐내고 있다.
매년 보는 색감임에도 나는 또 신기해 돌연 멈춰 서서
목이 아플 정도로 쳐다보고 또 쳐다본다.
이걸로도 부족하여 결국 카메라를 꺼낸다.

너는 어쩜 그렇게 빨가니,
어떻게 그런 색을 내는 거야.
뷰파인더를 통해 질문을 건네며
어김없이 예쁘다는 말을 덧붙여준다.

영화 속 한 장면

가끔 영화 속 한 장면 같은 순간들이 있다.

너무도 황홀한 노을을 마주했을 때,
믿기지 않는 경치를 바라볼 때,
따스한 햇볕에 눈이 부셔 잠에서 깰 때,
우연히 보고 싶은 사람을 마주한 순간

바로 내 인생이라는 영화다.
주인공은 나,
이 순간들은 다시 돌려보고 싶은 명장면.

마지막 낙엽

온통 갈색빛으로 물든 거리를 걸으며
흩날리는 낙엽을 실컷 맞기 위해
내 다리는 어느새 속도를 늦추고 있다.
과연 이 행복을 올해는 얼마나 즐길 수 있을까.
내일도 나와서 이 길을 다시 걷자고 다짐한 오늘 하루.

하지만 밤이 되자 나를 놀리기라도 하듯
퍼부어대는 비가 얄밉기 그지없다.
이 비와 함께 모든 것이 떨어지겠지,
오늘이 예상치 못한 올해의 마지막 낙엽이었다고 생각하니
조금은 서운하지만
그럼에도 아침이 되면 나는 다시 거리를 걷는다.
어디가 인도인지 보이지 않을 만큼 바닥을 가득 메운
물기를 잔뜩 머금은 낙엽을 밟으며
하루 새에 앙상한 가지가 되어버린 나무를 바라본다.
대견하게도 억센 빗줄기를 이겨낸 나뭇잎들이
내 시선 속에서 마지막 인사를 하며 내려온다.

그럼 나도 인사를 건넨다.
덕분에 행복했어, 내년에 보자.

겨울

겨울, 마주하는 순간

꽃이 지는 계절, 반대로 꽃이 쉴 수 있는 계절

우리에게도 그런 순간이 필요하다.
쉼이 없다면 앞으로 나아갈 수 없기에
흩날리는 눈송이와 함께
소용돌이치는 감정들을 찬찬히 꺼내본다.

시린 계절 비로소 깨어나는 숨어있던 울분들
마주하고 털어놓으라는 모닥불의 진심 어린 움직임
우린 모두 숨어있으니 솔직해져도 괜찮다는 풀잎의 속삭임
눈이 온 세상을 하얗게 뒤덮어 백지의 상태가 될 때
우린 그 위로 새로운 것을 그려나갈 수 있다.

세상이 도전해보라고 기회를 안겨주면
기꺼이 응할 줄 아는 용기를 가져보는 건 어떨까.

섣부른 좌절

버스가 하루에 몇 대 다니지 않는 어느 시골 마을
그마저도 정류장에 도착해 시간표를 확인하지 않고선
휴대폰으로 정보를 알 수 없는 조용한 마을
그저 내 운을 믿으며 정류장으로 힘찬 발걸음을 내디뎌 왔지만
역시나 야속하기만 한 하늘은 날 도와주지 않는다.
택시가 잡힐 리 없는 이곳에서 한참을 되돌아갈까 망설이다
이내 결론을 내린다. '그래 걷자!'
걸어갔다 오면 두 시간은 족히 걸릴 거리, 까짓것 걷기로 한다.

이른 아침, 집을 나설 때만 해도 너무도 서늘한 공기에
바깥에서 오래 있는 건 무리라는 판단을 내렸던 내가
지금은 모자로 귀를 덮고 옷소매 끝까지 손을 숨긴 채
열심히 걷고 있다.
걷기 시작한 지 이십 분 정도 지났을 무렵
조금의 후회가 밀려왔지만 이대로 돌아가 버렸다간
오늘 하루의 끝에 너무나 허망함을 맛보고 있을 거 같아
좀 더 마음을 다잡고서 걷기로 한다.
기왕 힘든 거 짜증 나게 힘들지 말고, 재밌게 힘들어 보자고.

그렇게 걷다 보니 내 앞에 나타난 반짝이는 물빛,
하천 위 다리에 멈춰 서서
빛나는 물결을 두 눈에 한가득 담아낸 뒤 다시 길을 걷는다.
길가를 따라 피어난 이름 모를 추위를 이겨낸 꽃송이들
눈에 담으며 걷다 문득 얼마나 걸었을까 궁금해 뒤를 돌자

펼쳐지는 웅장한 산등성이가 내 마음을 휘어잡는다.
무작정 앞만 보며 걸음을 재촉하기엔
너무나 수려한 경치가 자꾸만 나를 붙잡는다.
어느덧 공기는 따뜻해졌고
차곡차곡 두 눈에 담아온 광경들은 내 생각을 바꿔놓고 있다.
야속한 하늘에서 행복을 건네는 하늘로
걷지 않았다면 느끼지 못할 기분, 들어오지 않았을 자연
뒤돌아보지 않았다면 마주할 수 없는 아름다움.

어떨 땐 내 뜻대로 되지 않는 게, 내 계획을 벗어나는 게
예상치 못한 행복을 불러온다. 그러니 섣부른 좌절은 이르다.
내 예상이 깨졌을 때 좌절보단
과연 어떻게 다르게 흘러가려나 하는
설렘을 가지게 된 뒤로 불필요한 걱정들은 멀어졌다.

새벽

아침형 인간으로 살다 보니 내게 새벽은 이미 잠들었거나
혹은 잠에 들기 위해 애쓰는 시간 고작 그뿐이었다.
그런데 사실 스물네 시간 중 잠을 위해 포기해야만 하는
새벽이란 시간을 나는 안타까울 정도로 좋아한다.

재즈와 알앤비 음악만으로 아무것도 하지 않아도
행복한 세 시간이 되며
어두운 조명 하나에 의지한 채
글을 써 내려갈 때 살아있음을 느낀다.
모든 불을 끄고 누워 블라인드를 올리고
창문 밖 어둠을 홀로 밝혀주고 있는 그믐달을 바라보고 있으면
나의 내일과 미래에 대한 생각들이 머릿속을 떠다닌다.

이 새벽이 지나가 버리는 게 슬프다.
인간은 잠을 자야만 삶을 살아갈 수 있다는 사실에 화가 날 만큼
그럼에도 우린 살아가야 하므로
이렇게 오늘 나의 새벽을 끝마친다.

첫눈

매년 보는 눈인데 어째 이상하게도 매년 느낌이 달라진다.
내리든 말든 감흥이 없다가도
그다음 겨울이 오면 낭만적이게 예뻐 보이곤 한다.
그러다 다시 다음 겨울이 오면 쌓인 눈을 밟는 게 짜증스럽다.

내가 변덕이 심한 걸까 아님
눈이 원래 이런 느낌을 주는 아이인 걸까.
이번 겨울은 예쁨과 감흥 없음 그사이 어디쯤인 거 같다.
첫눈의 설렘이 살짝 찾아왔다가 홀연히 사라져버렸다.

그래도 만약 남은 겨울 동안 눈이 안 내린다고 상상하면
아쉬운 걸 보니 여전히 좋아하긴 하나 보다.
내년은 첫눈이 기다려질 만큼
설레는 느낌으로 다가와 주기를 소망해본다.

나만의 여행

혼자만의 여행,
외로움이 느껴지는 순간들이 없다면 거짓말이다.
같이 온 친구와 연인과 가족과 함께 맛있는 걸 먹으며
꺄르르 웃는 모습, 경치를 함께 바라보며 지금 느끼는 감정을
오롯이 서로에게 예쁘게 이야기하는 모습,
그런 모습을 보고 어찌 외롭지 않을 수 있을까.
그럼에도 이 문득문득 찾아드는 외로움이 잊힐 만큼
행복한 것이 바로 혼자만의 여행이다.

내가 하고 싶은 것만 할 수 있는, 먹고 싶은 것만 먹을 수 있는
스케줄을 신경 쓰지 않고 마음에 드는 장소를 발견하면
그곳에서 몇 시간을 머물러도 너무 괜찮은 그런 것,
길을 걷다 예쁜 것을 보았을 때
다양한 구도로 오랜 시간 사진을 찍어도 눈치받지 않는 것.
온전히 나 자신에게만 집중할 수 있는 시간,
내가 좋아하는 건 무엇인지 싫어하는 건 무엇인지
취향과 가치관, 나의 모든 걸 알게 해주는 시간.
홀로 길을 걸어도 헤쳐나가는 자신감을 얻는 것.

외로움을 극복하게 하는 이유가 차고 넘치는 혼자 여행의 매력,
모른다면 지금부터 알아가 보면 어떨까.

계절의 냄새

유독 계절이 잘 느껴지는 냄새가 있다.
말로 표현하긴 어렵지만
겨울철 냉기 속에서 느껴지는 차가운 냄새
외출 후 집에 들어왔을 때 내 몸과 옷에 밴 한기 가득한 냄새
이것이 느껴질 때 진정 겨울이 왔구나, 체감하곤 한다.

봄의 꽃 냄새와 장마철 비 냄새
점차 선선해지는 바람 속 가을의 냄새

의식해본 적 없던 계절의 냄새가
이제는 내 일 년의 일부분으로 스며들었다.

흐름

단 한 가지 막아보고 싶은 게 있다.
지금 이 글을 쓰고 있는 순간에도 무색하게 흘러가고 있는 시간
조금은 느리게 흘러주었으면 하는 행복의 순간들과
과연 내 인생에 필요한 순간이 맞는 걸까 의심하게 되어
순식간에 달아나버렸으면 하는 좌절의 순간

만약 단 한 번 멈춰볼 수 있다면 언제가 좋을까.
그리운 사람, 가장 사랑하는 사람의 곁에 있는 순간,
혹은 꿈이 이루어진 순간,
별똥별이 떨어지는 찰나의 순간은 어떨까.
가장 아름다운 광경을 바라볼 때,
마지막으로 생애 마지막 순간.

멈출 수 있다면 소리쳐보고 싶다.
잊지 말자고, 온몸으로 느끼고 기억하자고.

멈출 수 없더라도 반드시 기억해주세요
단 한 번뿐인 그 순간만의 소중함을.

트라우마

얄궂게도 쓸데없는 것에 기억력이 좋은 편이다.
영어 단어의 뜻은 지지리도 생각나지 않으면서
이젠 그만 잊어버려도 괜찮겠다 싶은
더 이상의 쓸모없는 상처들은
눈을 감으면 마치 어제처럼 생생히 수면 위로 떠올라
가라앉지 않는다.
손을 넣어 깊숙한 물속으로 집어넣으려 애쓰다 보면
오히려 틈이 벌어져 결국 얼룩이 지고 만다.
그렇게 떠오를 때마다 점점 얼룩덜룩해진 상처는
거대한 흉터로 남아 더 이상 건드리지 않아도
눈에 밟히는 존재로 자리 잡고 만다.

누군가에겐 시도 때도 없이 간지러운 흉터
누군가에겐 생긴지도 모르다 어느 날 나도 모르게 찾은 흉터
불쑥불쑥 끊임없이 생각이 나는 트라우마를 가진 사람도,
기억 속에서 지운 채 트라우마 따위 없다고 믿지만
무의식의 꿈속에서 그건 끝끝내 착각이었다는 걸
알아차리고 마는 사람도

더 이상 외면에 한계를 느낀다면
이제는 마주 보고 도려내 보는 건 어떨까요.
다시 새살이 돋을 수 있도록
흉터가 아물 수 있도록
약을 발라줄 사람들이 곁에서 기다리고 있어요.

상처를 필사적으로 가리고만 다닌다면
우린 그 위로 약을 발라줄 수 없어요.
그러니 털어낼 수 있도록 용기 내봐요.

겨울 외출

차갑고 상쾌한 공기
입김과 고드름
발자국이 얼어붙은 눈과 뾰족한 나뭇가지
넘어질까 미끄러운 눈길 위를 걷기 위해 다리에 힘을 준다.
눈이 쌓여 장엄한 광경을 선사하는 산을 바라보며
시린 손에 장갑을 낀다.
붕어빵을 품에 안고 집에 가는 이 길이 좋다.
붕어빵을 한 개씩 꺼내 먹으며
놀이터에서 눈싸움을 하고 있는 아이들을 지나치고
얼어붙은 연못 위에서 장난치는 아이들 또한 지나쳐
마지막 행선지인 집 앞 카페에 도착한다.
남은 한 손에 뜨거운 라테 한 잔을 쥐고서
따뜻한 집으로 돌아온다.

겨울철 외출이 의외로 기분 좋게 다가오고 있다.

나만의 공간

한겨울에도 아랑곳하지 않고 늘 가을을 품고 있는 공간이 있다.
아무도 쓸어 버리지 않고 쌓인 낙엽과
갈색빛 나뭇잎을 그냥 그대로 둔 채
겨울을 맞이한 공간.
이곳은 눈이 와도, 추위로 앙상한 나뭇가지만 남아도
늘 지나간 가을을 아련하게 투영하여 보여 준다.
시린 추위와 회색빛 하늘, 삭막한 거리 속
가을이 보고 싶어질 때면 나는 늘 이곳을 찾는다.

가을의 진한 잔해가 남아있는 이곳이,
언제나 가을에 머물러 있는 이곳이
가을을 가장 좋아하는 나에겐
그 어느 공간보다 안락하고 편안한 공간이 되어준다.
온통 갈색으로 물들어 회색빛 세상에 외딴 섬처럼 보이지만
내겐 어느새 겨울의 도피처이자
마음의 휴식처로 자리 잡고 들어온 공원.

언제 가더라도 어서 와 하며
늘 같은 모습으로 나를 반기는 공간이 있다는 것은
참 기분 좋은 일이다.
나의 작은방 혹은 자주 가는 카페에 늘 앉는 고정 자리,
한적한 공원 벤치,
인적이 드문 분위기 넘치는 골목길, 산책로의 숨겨진 숲길.
나만의 기분 좋은 공간을 발견하는 것은 묘하게 설렌다.

그저 골목골목을 걷다가 2층에 위치한
작은 카페의 창가 자리가 눈에 들어온다.
저 창가 자리에 앉아 따뜻한 라테 한 잔 마시며
건너편 공원의 키 큰 나무 위로
쌓인 눈이 바람에 흩날리는 모습을 보며 멍 때리면 좋겠다,
아니면 추적추적 잔잔한 비가 내리는 날 책 한 권 읽으며
그저 흘러가는 시간을 아까워하지 않고
기분 좋게 즐기면 좋겠다, 하는 생각이 드는 걸 보니
아무래도 조만간 나만의 공간 한구석 자리에
이곳 또한 추가되려나 보다.
이렇게 나는 오늘도
나를 기분 좋게 하는 새로운 공간을 만들어간다.

채점 기준

인간관계는 인생의 숙제란 말이 있다.
나는 지금 그 숙제를 해나가는 중이다.
그런데 마지막에 이 숙제를 검사하는 건 대체 누구란 말인가.

그건 그 누구도 아닌, 다름 아닌 '나'다.

그렇기에 좋은 사람만을 곁에 두려 아득바득할 필요 없다.
남들이 보기에 좋은 사람이 아니라고
나에게도 똑같은 건 아니다.
판단하는 건 오로지 나이기에
그 누구에게도 아득바득 쌓아 올린
내 인간관계를 판단하라고 내밀 필요 없다.
좋은 사람에겐 따뜻하게,
나쁜 사람에겐 차갑게 구는 것은 당연하다.
나 또한 누군가에겐 나쁜 사람, 곁에 두기 형편없는 사람이다.

상대의 허점을 이해하고 보듬어주는 관계,
이것이 먼 훗날 나의 가장 큰 채점 기준이 되어있기를.

가시

모든 면에서 솔직할 필요는 없다.
솔직한 건 좋지만 그게 어떨 땐 독이 되어 다가온다.
아직 내 사람이라고 판단이 제대로 서지 않는 사람 앞에선
가시를 세우고 숨길 줄도 알아야 한다.
들어주기보다 나의 이야기가 하고 싶다면
그건 내 사람에게 가서 털어놓으면 될 일이다.
가끔은 나에 대해 제대로 알지 못하는
타인이 주는 위로가 더 달콤하게 다가오기도 하지만
그렇다고 무장해제가 되어버리면 곤란하다.
당신의 순수함이 남에겐 비집고 들어올 틈
그 이상도 그 이하도 아닐 수 있다.

장미처럼 가시로 나를 지킬 줄 아는 현명한 사람이 되길.

12월의 밤

겨울
낮이 짧아지고 밤이 길어지는 계절
덧붙여 밤이 가장 밝은 계절

12월의 풍경을 늘어놓아 보자면
빛나는 거리의 아름다움부터 시작한다.
유리창마다 형형색색의 알 전구가 빛나고
가게 안에는 트리가 빠지는 법이 없다.
거리에 울려 퍼지는 캐롤을 들으며
광장의 대형 트리에 한참 동안 시선을 빼앗기고
아기자기한 크리스마스 소품샵과
루돌프 장식이 올라간 초코케이크가 진열된 케이크집을 지난다.

낮과 밤 중 하나를 고르라면 무조건 낮을 고를 나지만
겨울의 밝고 긴 밤을 어찌 사랑하지 않을 수 있을까.
오히려 밤이 길어 행복한 12월 겨울의 하루

해몽

길흉을 판단하기에 앞서 깨어났을 때 나의 느낌은
무언가 허탈하며 간혹 불쾌하기도 한
이상한 기분에 사로잡히기도 한다.
평소라면 잊어버리고 말 내용에 불과하지만 오늘은
머릿속을 맴돌다 다시 꿈속으로 이끌려 되돌아가 버린다.
의미를 중시하진 않지만 문득 궁금해 해몽을 찾아보기 시작하고
다양한 해석과 내 머리를 강타하는 강렬한 해설에
묘한 긴장감이 감돈다.
어떤 땐 안도하며 창을 닫고,
어떤 땐 찝찝한 마음에 휴대폰을 침대에 던져버린다.
누군간 말한다. 꿈에 얽매이지 말라고.
하지만 나는 여전히 꿈속 세계가
너무도 신기하고 좀 더 알아가고 싶다.
내 무의식의 반영이라면 나의 무의식과 내면을 알고 싶고
만약 예지몽이라면 대비하고 싶다.

그러니 계속해서 유영해나가야겠다.
잠든 뒤 깨어나는 내 또 다른 세상 속을.

해몽해봐야겠다.
꿈을 벗어나 현실로 이어지도록
행운이 도망가지 않고 고스란히 다가올 수 있도록.

어른아이

어린아이일 땐 빨리 어른이 되고 싶어 하는
친구들을 주위에서 많이 봐왔다.
하지만 나는 내 생애 첫 기억부터 성인이 되기 직전까지도
어른이 되는 것이 무섭고 싫기만 했다.
어째서 어른이 되고 싶다고 말하는 것일까,
이해해보려 했으나 결국 하지 못하였다.

'너의 인생은 너의 것이야.
다른 사람이 대신해서 살아줄 수 없단다.
부모님보단 너 자신을 의지하는 법을 지금부터 배워가렴.'
초등학교 4학년, 피아노 선생님께서 해주신 말씀을
여전히 나는 가슴속에 품고 살고 있다.
어른이 되면 나 홀로 세상의 모든 것을
책임져야 한다는 사실이 무서웠고,
그래서 이왕이면 나의 시간이
최대한 천천히 흘러가길 바라고 또 바랐다.
나의 이런 나약한 맘을 다잡게 하기 위해 해주신 말씀이
나를 조금은 더 강하게 성장할 수 있게 만들어주었다.
피아노 학원이 끝나고 집에 갔을 때
나는 엄마를 붙잡고 아무 말도 하지 않은 채
엉엉 울었고 그런 날 엄마는 꼬옥 안아주었다.
그 날을 뒤로 나는 독립성을 키워나가려 애썼다.
성인이 되어도 무너지지 않게.
덕분에 나는 버거워도 이겨내려 노력하는 어른이 되었다.

사실은 여전히 매 순간이 두렵고 무너질 거 같으며
어른이 되지 못한 채
어린아이에 머물러있는 나를 발견하기도 한다.
어쩌면 우린 죽기 직전까지도
그저 어른이 되고 싶은 어린아이에 불과할지도 모르겠다.
모두가 물들지 않는 순수함을 간직하고 있다면
이 세상에 어른은 없는 것일 수도.

동심

함박눈이 쌓이고 있다.
거리엔 어느새 이름 없는 눈사람들이 태어나 있고
자동차 위엔 귀여운 조랭이떡이 올려져 있다.
유리 창문에는 투박한 모양의 하트가 즐비하고
인도 한편엔 누구인지 알 수 없는 사람들의 이름이
장난스레 새겨져 있다.
공원 안에선 눈사람을 만들며 꺄르르 웃는
아이들의 웃음소리가 들려오고
온 세상이 하얗게 변신했다.

가장 춥고 삭막한 겨울 안에서 우린 다른 계절에서는
찾을 수 없는 가장 따뜻한 동심을 만날 수 있다.
겨울이 싫지만은 않은 이유이자 추위를 견딜 수 있는 이유
나 또한 귀여운 눈사람을 만들러 집 밖을 나선다.

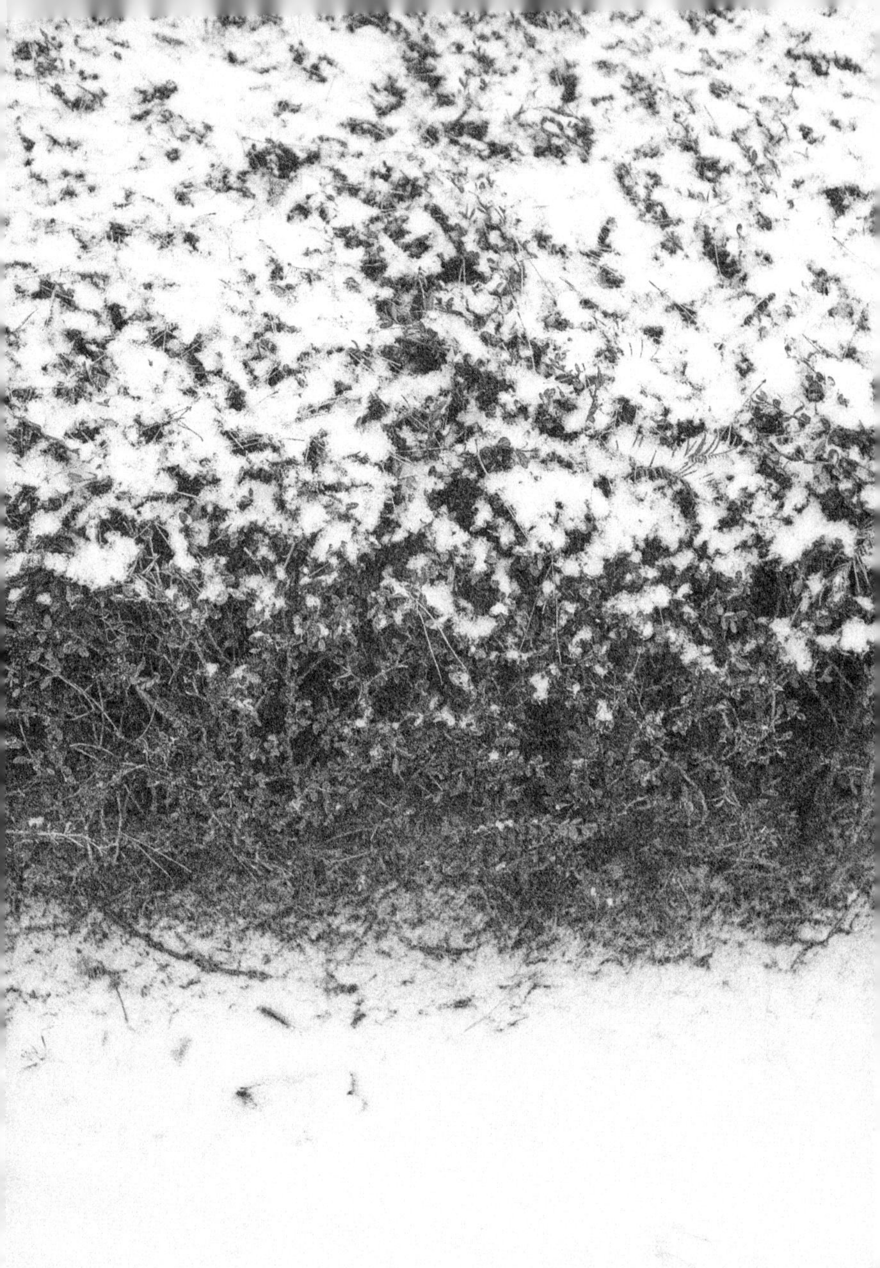

추억 여행

가끔 사진을 보다 보면 믿기지 않을 때가 있다.
내가 정말 여길 다녀온 게 맞는지, 이 경치를 직접 본 게 맞는지
잘 와닿지가 않는다.
분명 내가 찍은 사진인데 현실감이 느껴지지 않아
한참을 쳐다보곤 한다.
눈을 감고 기억을 되짚어나가며
그렇게 다시 추억 여행을 떠나본다.

높은 곳에 올라 맞았던 바람과 휘날리는 머리카락,
눈이 부셔 제대로 뜨지 못한 눈으로 바라본 빛의 일렁임,
예쁜 건물들과 이른 아침의 색이 묻어난 좁은 골목길,
파도 소리 위로 겹쳐지는 갈매기 소리와
북적이는 시장 안 시끌벅적한 대화 소리.

이 모든 게 즐거운 여행을 다녀온 게 맞다고
다시금 나를 일깨워준다.
어딘가로 떠나고 싶은 이 순간,
나를 기다리고 있는 새로운 도시로 출발할 시간이다.

크리스마스

별거 하지 않아도 들뜨는 하루
그럼에도 이왕이면 거창하게 보내고 싶은 그런 하루

선물과 트리
조명과 케이크
맛있는 음식과 영화
특별한 장소와 음악
소중한 인연과 따뜻한 분위기

이 모든 걸 단 하루에 모두 누려보는
일 년 중 가장 설레는 날
올 한 해도 수고한 나에게 주는 하루의 특혜랄까.

물론 전부 생략해도 괜찮다.
인파를 피해 집 안에서 아무것도 하지 않고 쉬어도
크리스마스는 크리스마스니까.

어떤 방식이든 나만의 방식으로
행복한 크리스마스를 보내는 것,
그거면 충분하다.

특별한 아이

초점이 나가버린 사진, 흔들린 사진

잘못 눌려 찍혀버린, 혹은 초점을 제대로 못 맞춘 채 찍혀버린,
심지어 심혈을 기울여 셔터를 눌렀으나 손이 흔들려 찍혀버리는
그런 경우가 종종 발생하곤 한다.

바로 지우려 결과물을 눌러 보지만
이상하게 마음에 들어 지우지 못하는 그런 사진들이 있다.
분명 흔들린 사진인데, 초점이 엉망인 사진인데
왜인지 정이 간다.
지우려 버튼에 손을 올렸다가도 이내 다시 손을 내려버린다.
남들 눈엔 그저 볼품없는 망한 사진으로 보일지라도
내 눈엔 유난히 더 특별하고 멋져 보인다.

어쩌면 내 인생도 흔들린 사진과 비슷하려나.
남들이 보기엔 엉망인 인생일 수도 있으나
묘한 가치를 숨기고 있는 특별한 그런 인생.

엉망진창이면 어떠한가.
내 기준에 멋지고 특별하다면 그거로 된 거 아닌가.
아니면 지금이 초점을 맞춰가는 과정인 걸지도 모르겠다.

그러니 이 사진에 붙여줄 이름은 망한 사진, 흔들린 사진 대신
'특별한 아이'로 정해본다.

생각

생각에 지배당하는 느낌
나는 생각을 지나치게 많이 한다.
그중 절반은 아마도 쓸데없는 걱정거리이려나
이 생각들은 자기 전까지도 멈출 수 없다.
이런 나와 정반대의 사람을 만나면 이해가 되지 않는다.
그럼 나는 속으로 말한다.
어휴 생각 없는 단순한 사람, 정말 대책 없다, 라고.

그런데 가끔은 이해 안 되는 이 단순한 사람들이 몹시도 부럽다.
쓸데없는 스트레스가 없는 삶은 정말 행복하겠다고
부러움에 질투를 보내곤 한다.

반대편의 사람들을 그저 미워했던
어리숙하고 경솔했던 나에게도
그들과 같은 단순함이 필요한 순간들이 온다.

나와 다름을 인정하고 존중하는 법을 배울 때
우린 더 큰 어른이 된다.

숙면

우리의 밤
우리의 새벽
차분하고 고요한 공기 속 편안함
행복을 곁들여 노랫말에 담아 마신다.

하루의 마침표
영원 같은 순간
소망과 바람, 소리 없는 외침 속 끝없는 기다림
기다림의 끝마침에 염원하던 숙면이 찾아오길
아침이 문을 두드려도 잠에 흠뻑 취해 반기지 못하길
평안함만이 함께하길
꿈은 현실의 꿈만으로 족하길

단 한 순간도 깨어나지 않기를
그 누구보다 푹 잠에 들기를

연말

올해도 어김없이 절대 오지 않을 것만 같던 연말이 다가왔다.

이번 연도 나의 시간은 어떤 속도로 흘렀나
무엇을 이뤘나
건강했나
행복했나
즐거웠나
어떤 추억이 쌓였나
새로운 인연이 있었나

어김없이 되돌아보며
어쩌면 조금의 후회가 섞인 위로의 박수를 나에게 보낸다.
어떤 일이 있었건 무슨 상황이든 어쨌든 간에
열두 달의 선로를 이탈하지 않고 제대로 바르게 달려온
우리 모두가 대견하고 자랑스러운 한 사람 한 사람이다.

고생 많았어요.

출발선

새해가 밝아온다.

우린 다시 출발선에 선다.

가벼운 목표를 안고 달려도
무거운 목표를 안고 뛰어도
중간에 목표를 떨어뜨려도
안간힘을 쓰다 놓쳐버려도 모두 상관없다.
도착선에 골인하면 그걸로 성공이니까.

도착선에서 무엇을 손에 쥐고 있는지에 대한 결과보단
그것을 들고 열심히 달려온 과정이 나를 빛냈기에
만약 빈손일지라도
포기하지 않고 완주한 당신은 빛나 마땅하다.
그러니 초조해 하지 말고 부담 또한 가지지 말고
올해는 시작과 과정을 설레어 하며 즐겨보자.

이제 시작이다.

사계

사계

네 번의 움직임, 살아 숨 쉬는 모든 것의 변화
그에 발맞춰 따라가는 급한 발걸음
눈을 감았다가 뜨면 하루가 또다시 하루가
또 한 달이 그렇게 한 계절이
앞만 보며 걷는 우리는 옆을 볼 새도 없으나
냉정한 사계는 조급한 발걸음을 기다려주지 않는다.
뒤처지면 손해 보는 것은 우리일 뿐
사계는 언제나 흘러가기 바쁘다.
그렇게 우린 시계를 밟고서 사계 위를 쉼 없이 뛰어간다.
뛰고 또 뛰어 숨이 찰 때쯤 어느샌가 잊어버린 여유가 떠오른다.
내 여유는 대체 어느 계절에 멈춰서 있는 건지
왜 날 따라와 주지 않는 건지 두리번거리며 찾기에 바쁘다.
남들은 이 여유와 함께 걸으며 사계를 알아가고 있는데
어째서 나는 이토록 숨이 차게 뛰고 있는 걸까,
도대체 무엇을 위해서.

그런 생각이 든다면 좌절할 일이 아닙니다.
열심히 달려온 당신에게 박수 쳐야 할 일이죠
다만 한 가지 걱정은 지쳐서 쓰러지진 않을까 하는 마음입니다.
더 이상은 지쳐서 힘들어하지 말고
사계와 함께 걸어보는 건 어떨까요.
이유 따윈 없어도 굳이 찾으려 애쓸 필요 없이
사계와 함께 삶을 살아나가는 건
생각보다 행복하고 아름답습니다.

탈출

그물에 걸린 물고기
덫에 걸린 새
날개가 찢어진 나비
철창에 갇힌 늑대
엄마를 잃어버린 아이

갇혀버린 정신
닫혀버린 마음
피곤에 찌든 눈꺼풀 위로 보이는 세상
벗어날 수 없는 압박감

모조리 내던져 버리자
그물을 찢고 덫을 부수고 다시 날아오를 연습을 하고
철창을 탈출하고 빛을 찾아서 다시 앞으로

미로

걷고 걸어도 알 수 없다.
이 길이 맞는 건지
내가 어느 방향으로 걷고 있는 건지
제대로 걷고 있는 것인지
지나쳤던 길을 다시 들어서진 않았는지

내가 틀린 길을 걷고 있다는 사실을 부정하고 또 부정한다.
내가 가는 길이 분명 맞는 길일 거라 자신하며 걸어보지만
결국 영문을 모르겠는 미로 속을 빙빙 돌다
출구를 애타게 찾고 있다.
하늘에서 지도와 나침반이 떨어질 확률은 없다.
그러니 오직 스스로 헤쳐나가야 한다.
분명 출구는 있을 테니
새로운 길로 계속해서 접어들어 가봐야겠다.
그 새로운 길은 담벼락을 넘는 위험한 일일지도 모르겠다.
어쩌면 담을 넘다 넘어질 수도, 크게 다칠 수도 있겠지.
그래도 포기하지 않고 나아가봐야겠다.
미로를 깨부숴서라도 탈출만 한다면 되는 것 아니겠는가.

미로에 갇힌 모든 이들에게 희망을.

검은 바다

언제 빠진 건지 아님 내 발로 들어온 건지도
잘 모르겠는 깊은 어둠 속
천천히 아주 서서히 추락하고 있다.
빨려들어 가는 거 같기도 누군가 잡아당기는 거 같기도 한
나의 등 뒤는 끝이 있긴 한 걸까.
허공을 응시하는 공허함이 가득 찬 시선과 손끝
발버둥 치다 힘이 빠진 걸까 애초에 힘을 주지도 않았던 걸까.
나는 왜 이곳에 들어와 있나.
주위는 온통 검은색뿐인 이곳은 너무도 고요하다.
색채가 없는 이곳에서의 시간은 무색하게만 흘러간다.
나의 종착지는 심해가 아닌 하늘이 될 순 없는 걸까.
검은 바다를 벗어나 푸른 바다 위에서
파란 하늘을 바라볼 수는 없는 걸까.

이젠 검은 바다를 벗어나 보려 한다.

끝이 보이지 않는 검은 바닷속 방황하며 추락하고 있는 그대여
죽음의 문턱 앞에서 부디 되돌아와 주오
그만 부디 거기까지만 가서 멈춰주오
그 이상의 걸음은 용기가 아닌 도망침이오
살아가는 데 드는 용기보다
지금 그 한 발자국에 더 큰 용기가 들어가면서
어째서 그 큰 용기로 끝끝내 겁쟁이가 되려 하오
고독과 불안 공허와 괴로움
그 모든 것의 반대가 한 발자국 앞에 놓여있다면
나는 더 이상 당신을 말리지 않겠습니다.
그런데 어떻게 확신할 수가 있습니까
겪어보지 않은 것을, 다가오지 않은 것을
더 큰 고독과 외로움이 기다리고 있을지
대체 누가 안단 말입니까.

당신은 이렇게 용기 있는 겁쟁이로
한순간에 져버릴 건가.
아름다운 꽃을 피워낸 그대는
이렇게 쉽게 져버리기에는 너무도 어여쁘다.

빛을 따라

후회와 이기심으로 얼룩진 그늘
햇빛을 드리우려거든 우선 가려진 창을 활짝 열어젖혀 보자.
그다음은 굳게 잠겨진 단단한 문을 있는 힘껏 밀어보자.

생각보다 환한 세상이 눈앞에 보이도록
생각보다 더 눈부신 빛이 쏟아져 들어오도록
바람이 내 살에 맞닿도록
한 발자국 문밖으로 내디딜 기회가 주어지도록
멈춰진 시계가 다시 움직이도록
제시간을 다시 찾아가도록
다시 초침 위를 달릴 수 있게
그렇게

이 공간은 그저 잠시 태풍을 피해 숨어들어 온 오두막
지금은 지나간 태풍을 따라 다시 앞으로 걸어갈 시간

구름바다

: 산꼭대기나 비행기에서 내려다볼 때 바다처럼 널리 깔린 구름

마치 바다 위에 떠 있는 듯한 기분
거센 파도가 부술 수 없는 잔잔하고도 새하얀 바다 위

새가 되어 구름바다를 타고서
드넓은 하늘을 날아가 자유로이 비행하자

비행하다 지치면 구름 속에서 비로 내려 바다로 흘러가자

무감각

숨 쉬는 것을 잊고
나는 방법을 까먹고
아픔이 무뎌지고
삶의 목적을 잃을 때
공허함이 지속될 때
달리다 넘어졌을 때
그럴 때

지쳐도 쉴 수 없고 되돌아볼 시간이 모자라
앞만 봐야 하는 우리의 날들이 모여
일궈낸 세상 속을 떠도는 젊은이는
빛이 바랜 마음과 기계로 변해버린 표정으로
하루를 살아가고 있다.

변화가 무서운 나이 든 어린이들
어른이 되기 위해 이제는 변화해보련다.
굳게 감은 눈을 떠보련다.
숨을 내쉬고 닿지 않을 하늘을 넘어 날아가 봐야겠다.
눈부신 태양을 마주 보며

영원

누군가는 염원하는 것
하지만 불가능한 이야기

동화의 결말은 늘 영원하고 그 아름다움은 영원히 지속된다.
결말은 끝이지만 이야기는 사실 거기서부터 시작되어 나가며
그렇기에 동화는 일부이자 영원 속 찰나의 순간이라 볼 수 있다.

그럼에도 동화는 사랑받는다.
그 이유는 무얼까.
영원을 살아도 지워지지 않는
빛나는 순간이기 때문은 아닐까.

영원을 믿지 않는 사람과 동경하는 사람
나는 그 무엇에도 손을 들지 않지만 한 가지 느끼는 것이 있다.
영원하여도 영원하지 않아도
결국 지금이 중요하게 새겨지는 순간이라는 것은 느껴져 온다.
그것이 영원의 경계를 허무는 것.

그런데 지금이라고 표현하는 것은 아무래도 맞지 않겠다.
과거에도 앞으로도, 살아갈 모든 날들이
일생을 마감하기 직전까지도 새겨질 순간일 테니.

그러니 매 순간 새롭게 빛나는
마치 영원과도 같은 결말을 맞이하고 싶다.

우물

우울의 우물 속에서 빠져나갈 수 있을까
어느샌가 풍덩 빠져 캄캄한 시야, 누군가 밀었나 싶어
위를 쳐다보며 발버둥 쳐본다.
그런데 아무래도 민 사람은 없나 보다.
내가 스스로 이 우물 속으로 빠져버렸나 보다.
아무리 기다려도 그 누구도 이 안을,
나를 들여다봐 주지 않는다.
점점 깊어져만 가는 물속은 차갑고 절망적이며
말로 표현이 되지 않을 만큼 무섭다.
물은 서서히 차올라 내 몸을 집어삼키고 있고
어느새 턱 끝까지 잠긴 나는 허우적대며 몸부림치고 있다.
이젠 들여다봐 줄 때까지 기다릴 시간이 없다.
마지막 한숨까지 모두 내뱉어 있는 힘껏 소리쳐야 한다.
숨이 막혀와도 계속해야 한다.
알리지 않는다면, 그저 누군가 내 우물 속을,
나의 내면을 바라봐 줄 때까지 기다리고만 있는다면
결국 우울의 물속에 잠식당하여 익사하고 말 것이다.

아무도 알아주지 않는다고 슬퍼하고 괴로워하는 것은
결국 내 물의 깊이를 높이는 것에 불과하다.
우린 우물 밖으로 나가려 안간힘을 쓰고
목이 쉴 때까지 소리치고 끊임없이 노력해야 한다.
우물에 빠졌다면 기다리지 마라
운이 좋으면 누군가 지나가다 밑을 내려다볼 수도 있겠지,
그런데 그 작은 확률에 목숨을 걸 것인가?
그런 위태롭고 바보 같은 짓은 그만하고 계속 발버둥 치자
스스로 탈출하거나, 누군가 날 꺼내어줄 수도 있도록.

하늘

아침이면 떠오르는 해를 위해
낮이면 흘러가는 구름을 위해
저녁이면 저물어가는 노을을 위해
밤이면 깨어난 별과 빛나는 달을 위해

하늘을 향한 시선과 시간마다 뒤바뀌는 많은 것이 담긴 눈빛
끝이 없는 하늘을 좇는 하루
나의 전부이자 세상인 닿을 수 없는 곳으로
더 멀리 뻗어 나간다.

별, 혜성

당신은 무엇을 갈망하여 유랑하는가
무엇을 얻고자 깊은 우주를 유영하고 있는가
당신이 우주라고 믿었던 그곳은
사실 어두컴컴한 심해 속이 아니었던가
하늘 저편이라 믿었으나 사실은 지하 밑바닥일 뿐인
모순의 경계 그 언저리

몽상에 잠긴 뒷모습은 어딘가 쓸쓸하고
그 마음은 가냘파 툭 치면 떨어져 버릴 것 같지만
그럼에도 늘 그 자리를 굳건히 지키고 서 있는 별 하나

몸이 타들어 가도 앞으로 나아가는 혜성처럼
지금 이 괴로움도 나의 꼬리가 되어
나를 어여쁘게 만들어주겠지

서랍 속 터널

밝고 명랑한 모습 뒤 감춰진 몹시 짙고 어두운 그림자
공허함에 삼켜진 낡디낡은 마음
서랍 속에 넣어 잠근 채 밖을 나서고
홀로 남았을 때가 되어서야 열쇠에 손을 가져간다.
기이하게도 그저 서랍을 열었을 뿐인데
그 서랍 안은 끝이 보이지 않는 깜깜하고도 두려움이 가득한
긴 터널 속으로 이어진다.
앞으로 나아가다 보면 출구가 나오지 않을까 하며
끝없이 긴 터널을 나가려 애써보지만 영문을 알 수 없는
깜깜한 터널은 나를 내보내 주지 않는다.
그렇게 들어온 입구마저 아득히 검어져 보이지 않게 된 순간,
어둠에 혼자 갇힌 것 같은 상황에 극도로 무서움이 몰려온다.
과연 이 터널을 빠져나갈 수 있을까
누구라도 좋으니 나와 함께해주었으면
그럴 수 없다면 깜깜한 내게 작은 빛이라도 비추어주었으면
그렇다면 이 긴 터널을 어떻게든 나갈 수 있을 텐데
더 이상 서랍 속에 마구 구겨 넣지 않을 텐데
하고 생각하는 난 아무것도 할 수 있는 게 없어
그저 어둠 속을 계속해서 나아간다.
내 발로 들어왔으니 내 발로 입구 저 반대편을 향해
도착할 것이다.

뛰고 또 뛰다가 숨이 차면
잠시 멈추어 숨을 고르고 또다시 달려나간다.
힘들어지면 속도를 낮추어 걷고 또 걸어
그렇게 출구에 다다를 때까지
출구에서 나를 기다리고 있을 모두에게 안기기 위해
오늘도 끊임없이 나아간다.
남들 앞에 꺼내지 못한 채
꽉 찬 서랍 속으로 계속해서 구겨 넣는
나쁜 습관 또한 고쳐 나가보기로 나와 약속한다.

악몽

안도감
그 후 몰려오는 기분 나쁜 무서움
현실에 대한 괴리감은 어째서 느껴지지 않았던 걸까
평상시와 같이 깨고 나면 민들레 꽃씨처럼
저편으로 날아가 버리는 기억 조각들이 된다면 좋으련만
오늘은 틈 사이에 단단히 박혀 선명하게 눈에 띄는
바람에도 흔들리지 않는 민들레 하나
꺾이지도 흔들리지도 않고
깊이 박힌 민들레를 날려 보내고 싶다.
악몽 따위를 민들레처럼 강인한 꽃에 비유하는 것이
영 안 맞는 상황인 거 같으나 어찌 보면 한 끗 차이일 뿐이다.
처음엔 강인하여도 수차례 부는 바람에
결국 저 멀리로 날아가다 희미해지는 꽃씨
그렇게 민들레 꽃씨처럼 이 무서운 기억 조각들도
훨훨 날려 보내보련다.

다락

어느새 하루는 저물고
짙은 어둠이 내린 고요함만이 가득한 방 안
무얼 해야 할지 몰라 서성이는 나를 비추는 달빛
정적 위로 뱉어내는 묵직한 숨 위로 쌓여가는
불안정한 생각의 계단
계단을 다 올라 뒤를 바라보면
어리석게도 내가 힘겹게 올라온 계단이
환한 햇살이 들어오는 방 안 속
어두컴컴한 다락방으로 향하는 계단이었음을 알아차린다.
어째서 빛을 등지고 어둠을 찾아 들어가려 했나
우린 들어가 보기 전엔 결코 알지 못한다.
그 다락엔 아무것도 없다는 것을
내려가는 계단이 없어져 다시 나오기 힘들다는 것을
그러니 더 이상은 방 안에서 계단을 찾지 말자
방 안이 싫다면 더 환한 빛이 내리쬐는 밖으로 나가보도록 하자.

마지막

자의로 생을 끝낸다는 것은 용기가 넘쳐나는 걸까
아님 그저 도망치는 겁쟁이인 걸까

용기 있는 자와 겁쟁이, 그 무엇이든 만족스러울까
그 선택에 조금도 후회가 깃들어있지는 않을까

마지막, 괴롭고도 외로운 단어

당신은 죽고 싶은 게 아니다
사람들에게 힘들었단 걸 알리고 싶은 마음이 큰 것이다.
알리고 싶은데 더 이상 방법이 그것밖엔 남아있지 않았겠지
불분명한 앞날과 편안함을 맞바꾸는 것이 달콤하게 다가왔겠지
죽는 건 무서워 차라리 누군가 당신을 죽여줬으면 하는 상상도
그냥 이대로 잠들면 영영 깨어나지 않았으면 하는 생각도
모두 그럴 수 있다. 너무 자연스러운 아픔의 일부이다.
그저 앞을 향해 걷다 돌부리에 걸려 넘어졌을 뿐이다.
잠시 주저앉아 뒤처진 당신의 불안함은
일어나 더 빠르게 뛰어나가기 위한 과정 중 하나이다.
우린 같이 걷다가 길 위에 넘어져 버린 당신이 천천히
아주 천천히 다시 몸을 일으킬 때까지 먼저 앞서 나가지 않고
그 자리에서 당신을 바라봐주고 기다려줄 것이다.
좀 더 쉽게 일어날 수 있도록 손 내밀어 잡아주기도 할 것이다.
그러니 뒤처졌다고 불안해하지 말고 얼마가 걸리든 괜찮으니
다시 일어나 주기만 해주면, 그러면 된다.

버팀목

봄엔 꽃잎이 되어주고
여름엔 얼음이 되어주고
가을엔 바람이 되어주고
겨울엔 난로가 되어주어야겠다.

그렇게 피난처가 되어 휴식을 주고
앞으로 달려갈 수 있게 선로가 되어주는 사람

길이자 그늘
빛이자 버팀목

당신 또한 내게 그런 존재

꽃구름

: 여러 가지 빛을 띤 아름다운 구름

무채색의 내가 노을빛과 같은 화려한 너를 만나
꽃구름이 되었다.
저녁 하늘에 수놓인 수많은 꽃구름 속
새롭게 피어난 유달리 아름다운 꽃구름

황혼 속 그렇게 우린 만나 꽃불이 되었다.

267